밥벌레의 행복

강석이의 유머 인생

밥벌레의 행복

이기원 지음

문지사

이 책을 펴내면서

이제 회갑을 훌쩍 넘기고 나니 내리막 인생이 기다리고 있다는 생각이 든다. 그래서 어린 시절부터 다시 더듬어보고 싶어졌다.

10살 때부터 부모 슬하를 떠나 객지에 살면서 초·중·고를 다녔고, 직업군인 18년과 사회생활 25년, 결혼생활 40년이 주마등처럼 스쳐 지나간다.

작은 책상과 TV와 노트북, 책꽂이와 장롱이 서로 기대고 있는 서재방인지 골방인지에 쭈그리고 앉아 지나온 발자취를 회상하며 글을 써본다.

이왕이면 재미도 곁들여서 말이다. 이를테면 유머형 에세이다. 별로 특별한 삶을 살아온 건 아니지만, 나름대로는 소중한 인생이라고 자위해본다.

이 책이 열심히 살아가는 모든 분들께 조금이나마 위안이 되고 삶의 활력소가 되었으면 하는 바람이다.

지은이 이 기 원

차례

Ⅲ 청년기

Ⅳ 장년기

V 노년기

I 유년기

태어나서
초등학교 졸업까지

돌아이

6.25 전쟁 이후 태어난 강석이의 돌잔치 날이 되었다. 1년 동안 죽을 고비를 몇 번 넘겼기에 더욱 뜻깊은 날이다.

부모는 없는 살림에도 나름대로의 잔칫상을 차렸고 바로 이웃 주민 몇 사람을 초대했다. 그리고 모두들 맛있게 밥을 먹은 뒤 차례대로 강석이를 끌어안으며 한마디씩 한다.

A : 그 녀석 이쁘기도 하지! 크면 제비 될라.

B : 눈이 초롱초롱 한 것이 장군 되겠어, 똥장군!

C : 왠 발이 이리 크지? 발발이가 될 것 같은데….

D : 돈이 덕지덕지 붙었어. 쩐쩐쩐 하고 말야.

그렇게 하루 종일 시달린 돌아이 강석이는 기진맥진해졌고, 저녁 무렵에 한마디를 남겼다.

"돌잔치 두 번만 했다간 또라이 되겠다. 정말이지 돌아버리겠구만!!"

유치원

가난한 집안에서 태어난 강석이는 유치원에 가질 못했다. 보릿고개를 넘나들던 시절의 시골이라 유치원 시설이 거의 없었기 때문이다.

그러던 어느 날, 코를 질질 흘리며 엄마 치마폭을 붙잡고 1시간을 걸어 읍내에 가게 되었다. 그리고 우연히 중심가에 있는 유일한 유치원 앞을 지나는데, 또래의 꼬맹이들이 왁자지껄 떠드는 소리가 들린다.

강석이는 엄마 치마폭을 끌어당기며 유치원 안쪽을 기웃거렸다. 선생님의 동작에 따라 하트 모양을 그리더니 박수치고 노래하며 신바람이 났다. 강석이 눈에 비친 유치원 그림은 부럽기도 하고 치사하기도 했다.

"따라 하는 걸 보니 유치하다, 유치해. 유치원은 유치한 걸 가르치는 모양이구만. 유치한걸 배우느니 차라리 안 가고 만다."

하지만, 유치원이 멀어질수록 자꾸만 호기심이 목덜미를 잡아당긴다.

'빙 둘러앉아 노는 꼬락서니가 유치해 보이지만, 나도 유치원에 가고 싶다.'

형편

열 살인 강석이가 동네에 사는 형과 놀다가 사소한 일로 말다툼을 하게 되었다. 한참 옥신각신하는데 때마침 학교 수업을 마친 친형이 오고 있었다. 형은 가까이 오더니 말했다.

"강석아! 왜 싸우니? 사이좋게 놀지 않고…."

응원군이 도착하자, 강석이의 목소리가 높아졌다.

"형! 저 형이 가난하다고 자꾸 놀리잖아."

친형은 타이르듯 말하였다.

"우리 집 형편이 그러니까 그렇지. 싸우지 마라."

그러자 강석이가 분하다는 듯이 대꾸하였다.

"도대체 형은 누구 편이야? 저 형 편이야, 동생 편이야. 형이 되어가지고 정말 형편없네."

분수

초등학교 3학년인 강석이는 산수시간이 제일 힘들었다. 하루는 분수에 대한 수업이 진행 중이었는데 이해가 잘되지 않았다. 그래서 조용히 손을 들고 질문하였다.

"선생님! 도대체 분수는 너무 어려운데요."

한참 설명을 하던 선생님은 처음부터 다시 설명하였다.

"사과 3개가 있는데, 두 사람이 똑같이 나눠먹으려면 1개 반씩 먹어야죠? 그러면 반개를 어떻게 표현해야 할까요?"

고개를 좌우로 흔들던 강석이는 엉뚱한 질문을 하였다.

"사과와 분수는 어떤 관계가 있습니까? 그리고 공원에 가면 분수가 있는데, 왜 어렵게 설명하십니까?"

선생님이 어이없는 표정을 지으며 망설이고 있는데 강석이가 질문을 더했다.

"선생님! 죄송합니다. 제가 분수도 모르고 감히 분수에 대한 질문을 하고 있죠?"

소식

대식가로 소문난 강석이는 아무 음식이나 잘 먹었다. 김치만 있으면 두 그릇을 뚝딱 해치우는 위대胃大한 아이였다.

허겁지겁 밥을 먹던 어느 날, 어머니께서 타이르듯 말하셨다.

"강석아! 장수하려면 소식해야 한단다."

강석이는 밥을 먹다 말고 반문하였다.

"장수는 하고 싶은데, 어디서 무슨 소식이 왔어?"

딱한 표정의 어머니께서 대답하셨다.

"그게 아니고 밥을 적게 먹어야 오래 산다고 했다."

갑자기 시무룩해진 강석이가 따지듯 말하였다.

"엄마! 혹시 나 다리 밑에서 주워 왔어?"

가위

추석 명절을 맞이하여 강석이네 식구들이 시골 할아버지 댁으로 갔다. 시골에서 하룻밤을 자고 나니 불편한 점이 한두 가지가 아니었다. 샤워장도 없고 화장실은 멀리 떨어진 푸세식이며 컴퓨터나 오락기구가 단 한 가지도 없기 때문이다.

이틀 밤을 자고 난 추석날 아침 밥상에서 강석이가 강한 어조로 말하였다.

"할아버지! 시골은 불편한 점이 많네요."

그러자 할아버지께서 웃으면서 대답하셨다.

"가윗날 아침에 조상에 대한 고마운 마음을 가져야지?!"

강석이는 할아버지를 슬쩍 쳐다보며 반문하였다.

"제가 이틀 밤을 지냈는데 가윗날은커녕 가위 그림자도 못 봤는데요?"

옆에서 듣고 있던 아버지가 조용히 꾸짖으셨다.

"네가 모처럼 시골에서 자더니 가위 눌린 모양이구나."

할아버지께서 크게 웃으시며 한마디 하셨다.

"가위! 그 아버지에 그 아들이로다."

눈싸움

초등학교 5학년, 겨울 방학을 1주일 정도 앞두고 첫 눈이 내렸다. 강석이는 짝꿍인 영희와 운동장을 뛰놀며 눈싸움을 벌였다. 한참 동안의 설전으로 지친 강석이와 영희는 10분간 휴전을 선언한 뒤 눈 위에 주저 앉았다.

이 모습을 교실 창가에서 지켜보던 철수가 갑자기 운동장으로 뛰어나와 함께 놀자고 졸라댔다. 불청객의 등장으로 기분이 나빠진 강석이가 철수를 째려보며 말했다.

"야! 철수, 너 빨리 교실로 철수해라."

"강석아! 그냥 함께 놀자."

"너 정말 함께 눈싸움 하겠다는 거냐?"

"둘 보다 셋이 놀면 더 좋잖아."

"좋아. 그렇다면 나와 둘이서만 싸우자."

"어떻게?"

"둘 다 눈 부릅뜨고 쳐다보기다. 먼저 깜빡이면 지는 거다."

"뭐라고?"

"눈 싸움에 자신 없으면 철수하던가. 네 짝꿍하고 눈싸움 하던지…."

떡

1

어린 강석이가 추석을 맞이하여 엄마 손 잡고 동네 떡방앗간엘 갔다. 하지만, 장사진처럼 늘어진 줄 탓에 두 시간을 기다린 뒤 차례가 되었다.

드디어 가래떡이 기다랗게 늘어져 나오자 강석이는 얼른 뚝 끊어 입에 넣었다. 그야말로 꿀맛이었다.

"엄마! 이게 무슨 떡이야?"

"가래떡이란다."

"그만 먹고 빨리 가라고?"

"아니야, 가래떡이 아니고 오래떡이야."

2

밤 10시가 되어 배가 출출해질 때쯤이면 여지없이 찹쌀떡 장수가 골목 어귀에 나타난다. 그리고 나지막한 바리톤 음성으로 외쳐댄다.

"찹쌀떡 사~려, 찹쌀떡!"

그 소리만 들어도 군침이 넘어갈 정도다. 그러면 강석이는 어느새 엄마 치마폭을 붙잡고 징징거리며 졸라댄다.

할 수 없이 허리춤에서 비상금을 꺼내 찹쌀떡 두 개를 산 엄마는 조금은 한숨 쉬듯 말한다.

"찹쌀떡은 비싸단다."

"그래? 좁쌀떡은?"

"싸지만 맛이 별로 없지."

"그래도 좋으니 찹쌀떡 대신 좁쌀떡 사줘."

3

가난한 빈자들이 먹는 떡인지, 빈대처럼 납작하게 만든 떡인지는 모르지만 '빈대떡 신사'가 요리집 문 앞에서 개망신을 당하고 있다.

돈 없으면 집구석에 틀어박혀 빈대떡이나 부쳐 먹을 일이지 무슨 개폼을 잡는답시고 고급 요리를 시켜먹었단 말인가.

심부름을 다녀오던 강석이가 이 모습을 물끄러미 바라보더니 집에 와서 한마디 한다.

"엄마! 빈대떡이 뭐야?"

"녹두로 반죽해서 만든 떡이란다."

"그거 많이 먹으면 빈대 생기는 거야?"

"아니란다."

"알았다. 빈대처럼 뻔뻔해지는구나."

Ⅱ 청소년기

중·고등학교 시절

자취

강석이가 초딩 딱지를 떼고 중딩이 되었다. 그래서 도시의 외곽 지역에 자리잡은 학교 근처에서 사촌형들과 자취를 한다. 사촌형들이 이미 터를 잡고 자취를 하는데 얹혀서 더부살이를 하는 셈이다.

학기가 시작된 3월 한 달 동안은 견습기간이었다. 그리고 꽃 피는 4월부터 순차적인 식사 당번 대열에 합류하였다. 지하수를 펌프질하여 쌀을 씻은 다음에 연탄불 위에 안치는 것이 1단계다. 당시에는 쌀에 돌이 많아 조리질을 서너 번 해야 했다.

그 다음에는 된장국을 끓여야 하는데 물과 된장을 황금 비율로 섞어 석유곤로 위에 올려서 끓인다. 두부나 감자가 들어가면 금상첨화지만 대부분 맹탕 된장국이다. 경제적인 여유가 없어서다.

'서당개 3년이면 풍월을 읊는다.'고 했는데, 자취생 3개월이 지나니까 한시를 조금씩 읊을 줄 알게 되었다.

그렇게 1년 동안 자취 생활을 한 강석이는 2학년 때부터는 하숙 생활을 했다. 객지에서 고생이 많다고 생각하신 아버지의 배려였다.

'의미 있는 발자취를 남기고 싶거든 자취를 해보라.'는 말을 남긴 채 자취 경력 1년이란 스펙을 쌓았다.

수학 시험

강석이가 중학교에 입학하여 첫 중간고사를 치르게 되었다. 그런데 수학에 자신이 없는 강석이가 한참 고민 끝에 손을 들고 선생님께 질문하였다.

"선생님! 드라이버 좀 빌릴 수 없을까요?"

"어디에 쓰려고?"

"문제가 너무 어려워서 좀 풀어 놓으려고요."

"뭐야? 지금 선생님하고 장난하냐?"

"장난 아니네요. 또 이 문제는 풀다가 꽉 막혔어요. 꼬챙이도 필요합니다요."

"……??"

간장

객지에서 자취하며 중학교를 다니던 강석이는 주로 간장에다 밥을 비벼 먹었다. 그러던 어느 날, 도저히 안 되겠다고 생각했는지 시골에 계신 어머니께 전화를 걸었다.

"어머니! 간장 말고 고추장도 좀 보내주세요."

그러자 어머니께서 부드럽게 말하셨다.

"벌써 간장이 다 떨어졌니?"

약간 짜증이 난 강석이는 이렇게 대답하였다.

"날마다 간장에다가 비벼 먹으니까 간장이 까맣게 물드는가 봐요. 붉은색으로 좀 바꿀 필요가 있는 것 같아서요."

김

도시에서 중학교를 다니던 강석이는 방학을 맞이하여 바닷가 어촌 마을인 고향으로 향했다.

집에 도착하여 대문에 들어서니 어머니께서는 텃밭에서 김을 매고 계셨다. 살금살금 다가간 강석이는 "어머니!"하고 불렀다. 깜짝 놀란 어머니는 "강석아!" 하면서 반갑게 맞이하였다. 손등에 주름이 많은 어머니를 보면서 강석이가 말했다.

"어머니! 이제 김매지 마시고 김이나 따세요."

그러자 어머니는 다정스럽게 말하셨다.

"나는 김 따는 건 싫고 김 매는 것이 더 좋다."

김매기가 끝나고 저녁이 되자, 어머니는 검은 쇠솥에 쏘시개로 밥을 지으셨다. 옆에서 지켜보던 강석이는 한마디 거들었다.

"어머니! 김 맨 손으로 밥을 지으니까 김이 모락모락 피어오르네요."

비행

중학교에 다니던 강석이가 오락실에 갔다. '2차 세계대전(1945)' 게임을 하고 나니 꼭 전투조종사가 된 기분이었다.

그런데 오락실 문을 막 열고 나오다가 삼촌을 만났다. 삼촌은 다소 의외라는 표정으로 말했다.

"강석아! 너 오락하고 나오는 길이니?"

약간 풀이 죽은 강석이는 작은 목소리로 대답했다.

"예. 그런데 1시간 밖에 안 놀았어요, 삼촌!"

삼촌은 의기양양하게 꾸짖듯 말하였다.

"너 모범생인줄 알았는데, 이제 보니 비행 청소년이구나."

강석이는 깜짝 놀라며 반문하였다.

"삼촌! 제가 비행하면서 싸우는 모습을 언제 보았어요? 처음부터 오락실에 있었단 말입니까?"

사과

친한 친구와 중국집에 들어간 강석이는 서로 의견 충돌이 있었다.

"야, 우리 짜장면 먹자."

"난 짬뽕이 먹고 싶은데…."

"짬뽕은 500원 더 비싸단 말이야."

"그래도 난 짬뽕 먹을래."

그렇게 티격태격하다가 그냥 나온 후 헤어지고 말았다. 자존심이 강한 강석이는 어떻게 화해할까 궁리하다가 잠이 들었다.

다음날, 같은 반이기에 교실에서 마주쳤다. 강석이는 주머니에서 사과를 꺼내며 선수를 쳤다.

"어제는 내가 미안했다. 사과의 뜻으로 이 사과를 주마."

그 친구도 사과를 준비해 왔다. 이심전심인가?

"아니다. 나도 사과를 준비해 왔는데…."

둘이는 서로 다른 사과를 먹으며 어깨동무를 하였다.

시인

시인을 꿈꾸던 강석이가 시상을 떠올리기 위해 공부방에서 지그시 두 눈을 감고 '진달래꽃'을 마음속으로 낭송하기 시작했다.

그러다가 꽃 속에 파묻혀 꾸벅꾸벅 졸기 시작할 무렵, 어머니가 문을 열고 들어오셨다.

"강석아! 너는 맨날 책상에 앉아서 자니?"

약간 짜증이 난 강석이가 퉁명스럽게 대꾸했다.

"어머니! 노크 좀 하고 들어오세요."

괘씸한 표정을 짓던 어머니가 말했다.

"이놈아! 공부는 안하고 전기세만 낭비하니까 그렇지. 남자가 깨끗이 시인할 건 시인 해야지."

폐부를 찔린 강석이가 응수하였다.

"아니, 제가 시인을 꿈꾸고 있다는 사실을 어떻게 아셨어요. 벌써 신문에 났습니까?"

모자

강석이는 행상으로 삶을 꾸려가는 어머니를 따라 시장에 갔다. 채소류가 담긴 바구니를 들고 함께 집을 나섰다.

어머니와 강석이는 햇볕에 그을리는 것을 막기 위해 모자를 쓰고 있었는데, 그날 따라 바람이 몹시 불었다. 모자가 다정스럽게 한참을 가는데 갑자기 강풍이 불어 어머니의 모자가 벗겨지고 말았다.

강석이는 그 모자를 재빨리 주우면서 말하였다.

"어머니! 이 모자는 너무 가벼운가 봐요."

그러자 어머니는 웃으면서 대답하셨다.

"그래도 그 모자는 10년 동안이나 나를 지켜 주었다."

갑자기 눈물이 핑 돌던 강석이는 정신을 가다듬고 말하였다.

"어머니! 그런데 우리 모자는 언제까지나 모자를 쓰고 다녀야 하죠?"

Ⅲ 청년기

피 끓는 20대 시절

이력서

고등학교를 갓 졸업한 강석이가 취업을 위해 이력서를 쓰는데 작성 요령을 잘 몰라 대충 생각나는 대로 썼다.

· 본적 : 뭘 봤냐고 묻지 않아 '본 적 없음.'
· 주소 : 달라고 한 적 없음.
· 가족관계 : 가족끼리 해본 적은 한 번도 없음.
· 학력 : 배울 만큼 배웠음. 유치원 빼고 12년.
· 경력 : 경련은 몇 번 있었지만 경력은 없음.
· 사진 : 코·입·이마·턱은 1개씩.
눈·귀·손·발은 2개씩.

여기까지 작성한 강석이는 한숨을 내쉬면서 중얼거렸다. '이거 이력서 맞아? 얼른 봐도 오력은 넘는데…. 칠력서로 고쳐야지.'

논다니

재수생인 강석이는 옆구리가 시리다. 대학생이 되지 못해 살짝 시리고 애인이 없어 더욱 시리다. 하지만, 옆구리 시린 것이 문제가 아니라 재돌이 신세를 면하는 것이 최대 현안이다. 어느 정도 주제 파악은 하고 있는 셈이다.

그러던 어느 날 밤, 친구들과 헤어져 집으로 돌아오는 길에 홍등가를 지나게 되었다. 입구에 들어서자마자 빨간 미니스커트 차림의 요정이 빨리 오라며 손짓을 해댄다. 가슴이 두근거리던 강석이는 자신도 모르게 슬금슬금 그곳을 향해 걸어갔다. 처음 겪어보는 장면이라 궁금증이 더해진 강석이가 물었다.

"누구세요?"
"나? 다 알면서……."
"금시초면이라……. 잘 모르겠는데요."
"정말? 아직 아다라시야?"
"그건 또 무슨……."
"나 논다니야."
"점점 오리무중이네."

"논다니! 춘희 말야."

"논다니? 밭다니가 아니고!! 춘희는? 영희는 아는데…."

"총각! 정말 아다라신가 보네."

"나 무서워. 엄마한테 갈래."

"이리로 와 봐. 안 잡아먹을 테니…."

강석이는 겁에 질려 슬슬 뒷걸음질하더니 36계 줄행랑을 치고 말았다. 자꾸만 뒤통수 쪽에서 '병신! 줘도 못 먹나….' 하는 소리가 고막을 때리고 있는 것처럼 느껴졌다.

그리고 잠시 후 집에 도착했는데 어머니가 큰소리로 말한다.

"허구한 날, 공부는 안하고 논다니!!"

강석이는 갑자기 현기증이 일면서 기절하고 말았다.

법정

법대 지망생인 강석이는 원서를 써 들고 OO대학을 찾았다. 지원자가 많아서 줄을 서서 기다려야 했는데 뒤에 서 있던 어떤 사람이 속삭이듯 말했다.

"자네는 왜 법대를 가려고 하는가?"

뒤를 돌아본 강석이는 나이 드신 분께 인사하며 대답하였다.

"예, 저는 정의로운 법관이 되려고 법정대학을 지원했습니다. 그런데 어르신은 웬일로 여기 계십니까?"

그때서야 머리에 쓰고 있던 빵모자를 벗으며 응수하였다.

"나는 스님일세. 하도 세상이 어지러워 나도 법관이 되려고 하네."

깜짝 놀란 강석이는 허리 숙여 절하면서 말하였다.

"아니, 그럼 법정 스님이십니까? 미처 알아보지 못해서 죄송합니다. 제 앞줄로 서시지요."

탑

가난에 찌든 집안에서 힘들게 공부한 강석이가 일류 대학에 합격하여 통지서를 들고 고향으로 향했다.

시골 정취가 물씬 풍기는 산천초목들이 모두 반기는 것만 같았다. 부랴부랴 대문을 열고 들어섰는데, 어머니만 부엌에 계셨다. 아버지는 돌멩이 투성이인 산비탈 밭을 일구고 계신단다. 강석이는 인사 후 어머니 두 손을 잡더니 급기야 부둥켜안았다.

"어머니! 저, 드디어 합격했어요."

"장하구나, 아들아! 아버지가 제일 기뻐 하실게다."

"이제까지 귀한 소들을 팔아 우골탑牛骨塔을 만들었으니 더욱 열심히 공부해서 탑클라스가 되겠습니다."

"그러려무나. 앞으로는 우골탑보다 더한 등골탑이 될지도 모르겠으나 상아탑에서 꼭 금자탑을 쌓으려무나."

"알겠습니다. 등골이 부서지는 한이 있더라도 석가탑이나 다보탑보다 더 훌륭한 탑이 되도록 부단히 노력하겠습니다."

차

대학생인 강석이는 친구와 함께 처음으로 다방에 갔다. 조금 있으니까 아가씨가 물컵을 들고 와서 물었다.

"무슨 차 드릴까요, 커피?"

잠시 망설이던 강석이가 말했다.

"새 차 있죠? 스포티지 주세요."

갑자기 어리둥절해진 아가씨가 다시 물었다.

"우리 집에 그런 차 없는데요."

그러자 강석이가 반문하였다.

"그럼, 오래된 차는 뭐가 있죠?"

아가씨는 다소 안심한 듯 말하였다.

"쑥차, 오미자, 구기자…."

강석이는 결심한 후 옆의 친구를 쳐다보며 단호하게 말하였다.

"나는 포니 주세요. 너는 무슨 차?"

수박

1

서울에 사는 강석이는 여름 방학을 맞아 동생과 함께 시골 할아버지 댁으로 갔다.

농사를 짓는 할아버지 원두막에서 수박을 실컷 먹고 나니 식곤증이 엄습해 왔다. 강석이 형제는 수면제에 취한 것처럼 원두막 바닥에 고꾸라졌다.

해는 서산마루에 걸려 작별을 고하는 듯했다. 두 시간쯤 지났을까? 한참을 정신 없이 자고 있는데, 동생이 흔들어 깨운다.

"형! 큰일 났어. 빨리 일어나봐."

"무슨 일인데?"

"모기들이 후레쉬까지 켜들고 덤벼들어."

"뭐라고?"

이미 어두워진 원두막 주변에는 반딧불이들이 왔다 갔다 하는 것이었다.

2

결혼 적령기가 된 강석이가 맞선 장소로 향했다.

'과거는 용서할 수 있지만, 못생긴 건 용서할 수 없다.'는 평소 지론을 갖고 있는 강석이는 설레는 마음으로 출입문을 열었다.

그런데 강석이 눈에 비친 아가씨는 꿈에 그리던 이성과는 너무너무 거리가 멀어 보였다. 거기에다가 덕지덕지 페인트칠하듯 화장을 해 놔서 피에로를 방불케 했다.

"실례지만…, 맞선 보러 나오신 분 맞나요?"

"네, 맞아요. 이쪽으로 앉으세요."

"앉을 것까진 없는 것 같고…. 인연이 아닌 것 같네요."

"초면에 무슨 그런 실례의 말씀을…."

"우리 할아버지께서 수박 농사를 오래 지었거든요."

"그래서요?"

"호박에 줄 긋는다고 절대로 '수박'이 안 되더라고요."

"내가 호박이란 말이예요?"

"눈치는 빠르시네요. 호박님, 아니 수박님! 천천히 나오세요. 먼저 갈게요."

아르바이트

대학생이 된 강석이가 야생마처럼 캠퍼스를 누비기 시작했다. 이리저리 날뛰며 정신 없이 쾌락을 만끽하고 있을 무렵에 아버지의 사업이 부도가 났다.

아버지는 처자식들에게 부담될까봐 3년 동안 노심초사하며 버텼지만 끝내 파산 절차를 밟게 된 것이다.

어머니 못지않은 충격에 빠진 강석이는 고심을 거듭했다. 그리고 캠퍼스 뒷동산에 있는 단풍나무 아래에서 뭔가를 깨달았고 이내 결심을 굳혔다.

'지금부터 내 학비와 용돈은 스스로 조달해야 한다. 아니, 어머니 살림살이에도 보탬이 되어야 한다.'

그래서 우선 아르바이트부터 시작하기로 했다. 그동안 다른 사람들이 아르바이트를 할 때면 이집트나 토스트, 오바이트나 트위스트를 떠올리곤 했는데, 이제 '내 발등에 떨어진 불'이 되고 말았다.

1

1학년 2학기가 시작되었고 주유소에서 일하게 되었다. 수강 시간을 피한 하루 4시간짜리 알바였다. 주유 요령과 카드 결제 방법을 습득한 강석이는 부들부들

떨며 첫날을 보냈다.

'갓난 아기도 2,000번의 도전 끝에 일어선다는데 대학생인 내가 이걸 못해?'

그렇게 1주일쯤 지나자, 어느 정도 익숙해졌고 자신감이 생겼다.

"얼마나 넣어 드릴까요?"

"만땅!"

"맨땅은 들어봤어도 만땅은…."

"뭐야? 풀 말이야."

"풀이요? 딱풀도 있고 강아지풀도 있는데…."

"안되겠구만. 사장 오라고 해."

"죄송합니다. 제가 아직 초보라서요."

당황해진 강석이는 휘발유 대신 경유를 만땅으로 채웠다. 그래서 1주일 알바비도 못 받고 손이 발이 되도록 싹싹 빈 다음에 발길을 돌려야만 했다.

2

다시 일자리를 찾던 강석이는 식당 홀 서빙 알바를 시작했다. 실내에서 일하다 보니 추위나 더위와는 무관해서 좋았다. 그러나 점심시간이면 인산인해를 이룰 정도로 손님이 모여들었다.

강석이는 주방과 테이블 사이를 수백 번 드나들었다.

때론 주문과 다른 음식을 내밀기도 했고 새로 온 손님을 오랫동안 방치하기도 했다.

"어~이! 여기 주문 안 받아?"

"수리수리 마수리, 갑니다요."

"그게 무슨 소리야?"

"제 나름대로의 주문을 받느라고요."

"알아맞혀 봐. 맞나 보게."

"음~, 삼선 짬뽕 곱빼기요."

"귀신이네. 얼른 갖다 줘."

강석이의 서빙 실력은 날이 갈수록 노련해져 갔고 금세 3개월이 지나버렸다.

3

3개월 동안의 기나긴 겨울방학이 시작되었다. 정보를 입수한 강석이는 인근 공단의 생산직 알바를 시작했다. 흔히들 말하는 '공돌이'다.

하루 일과는 대략 이렇다. 새벽 여섯시 조금 지나 회사 통근 버스를 타고 출근해서 잔업까지 10시간 동안 일을 하고 퇴근하는데, 밤 아홉 시가 넘어서야 집에 도착했다.

공장에선 조립 라인에 서서 부품들을 끼우거나 빼는 일을 한다. 잠시 뜸들이기를 하다보면 제대로 조립을 못한 채 지나가고 만다. 천리마 운동 같은 속도전이다.

그럴 때면 저쪽에 있는 작업반장이 소리친다.

“야, 이강석! 똑바로 못해?!”

“알겠습니다. 근데, 너무 빨라요.”

“카톡이나 게임할 땐 더 빨리도 잘하지?”

“어떻게 알았어요?”

“니 얼굴에 씌여 있다.”

“우리 반장님 귀신이네.”

“너도 3개월만 하면 귀신된다.”

“정말요? 그럼 귀신 형제가 되는 거네요.”

“귀신 되기 전에 떠날 거지?”

“아이고, 귀신 할아버지!”

4

강석이는 3개월 동안 공돌이 생활을 해서 번 돈으로 다음 학기 등록을 하고 어머니께 100만원의 생활비를 드렸다. 어머닌 눈물을 글썽였고 강석이는 애써 눈물을 감추며 위로했다. 한편으론 뿌듯하기도 했다.

다시 2학년 1학기가 시작되자 투잡 알바를 시작했다. 주중엔 식당에서 일하고 주말엔 근로자 대기소로 향해 막노동을 했다.

주중 5일 동안의 임금과 주말 2일 동안의 댓가는

비슷했다. 단지 노동의 강도가 다를 뿐이었다.

토요일 새벽 다섯 시에 일어난 강석이는 주섬주섬 옷을 챙겨 입고 작은 등산용 가방을 둘러멘 채 대기소로 향했다.

여섯시쯤 되자 '새벽을 여는 사람들'이 우르르 몰려들기 시작했다. 젊음과 패기로 가득 찬 강석이는 금세 대기소장에게 지명이 되어 아파트 공사 현장으로 팔려 나갔다.

외벽에 설치된 간이 엘리베이터인 호이스트를 타고 꼭대기층부터 벽돌과 시멘트를 나르는 일이다. 아직 봄이지만 땀이 비오듯 하여 금세 등줄기에 작은 실개천을 이룬다. 하지만, 강석이는 어머니를 떠올리며 이를 악물었다.

그렇게 몇 시간이 지나 태양이 중천에 떠오르자 점심시간이 되었고 함바집으로 향했다. 그리고 마파람에 게 눈 감추듯 한 그릇을 뚝딱 비운 뒤 실내의 시멘트 바닥에 드러누웠다. 그제서야 한 조를 이룬 40대 아저씨가 묻는다.

"일하는 걸 보니 아직 학생인 것 같은데…."

"예. 대학교 2학년입니다."

"놀기 바쁠 때 아니야?"

"그렇게 됐습니다."

"사연이 있겠지?"
"예~에. 사연이 없으면 노사연 아닙니까?"
"엥?"
"이렇게 만난 것도 인연 아니겠습니까?"
"인연이 아니면 저년이겠지."
"그년도 있고 잡년도 있다고 들었습니다."
"자네, 맘에 쏙 드네. 일 끝나고 막걸리나 한사발 들이키세."
"감사합니다만, 그냥 마신 걸로 하겠습니다."
"왜? 내가 맘에 안 드나?"
"제가 투잡을 뛰거든요. 죄송합니다."
"내가 자네한테 배워야겠네 그려."
다시 오후 일과가 시작되었고 서산이 붉게 물드는 여섯시가 되어서야 하루 일과가 끝났다. 일당제 노예나 다름없는 막노동꾼의 하루는 그렇게 지나가고 있었다.

5

2학년을 마치고 군 복무 후 복학한 다음, 3학년 때도 투잡 생활을 했다. 예쁜 여학생들이 '오빠, 오빠!'를 외쳐댔지만 대답할 겨를이 없다.
그리고 4학년이 되었다. 이제 취업 준비도 겸해야 한다. 그래서 중학생 두 명에게 영·수 개인지도를 하게 되었다. 강단에 서는 교수가 되기 위한 예행연습인지도 모른다.

대학교를 졸업하기 위한 이수 학점이 조금밖에 남지 않아서 취업 준비를 위한 개인시간이 많았다. 중학생들 개인 지도도 1주일에 두 번씩만 하면 된다. 하지만, 사전에 빈틈없이 지도 준비를 해야 한다.

"선생님! 인수분해는 너무 어려워요."

"뭐가 어려운데…."

"제가 인순데 왜 자꾸 분해해야만 되나요?"

"그럼, 정수분해 할래? 자연수분해도 괜찮고…."

"문법도 마찬가지예요. 과거와 과거분사는 어떻게 해요?"

"옛날 일들을 잘 생각했다가 골고루 써 먹으렴. 분 단위로 써 먹던가…."

"그래도 돼요?"

"간단하지? 니 뜻대로 해라."

그렇게 하면서 강석이의 아르바이트는 막을 내리고 상아탑을 졸업하게 되었다. 그리고 아르바이트 대신 에베레스트를 오르기 위한 힘찬 발걸음을 내디뎠다.

국방 의무

1

강석이가 입대하게 되었다. 헌법 제 39조 1항인 '국방의 의무'를 완수하기 위해서다.(맨날 빈둥빈둥 놀며 입씨름 몇 번 하고 꼬박꼬박 월급 2,100만 원을 챙겨가는 국회의원들과는 차원이 다르다)

동네 미용실에서 땡초 수준으로 머리를 자른 강석이는 부모님과 함께 306보충대로 향했다. 가정의 달인 5월의 푸르른 하늘은 더 없이 드높았고, 마치 강석이의 입대를 축하해 주는 듯했다.

306보충대 주변엔 작별을 고하려는 수십 쌍들이 서글픈 미소들을 머금고 있다. 근엄한 병사들이 위병소를 지키고 있는 정문 앞에서 민간 복장의 강석이는 삶과 죽음 사이의 경계인이 되어 작별식을 맞이한다.

"어머니! 걱정 마세요. 잘 다녀올게요."

"몸 건강해야 한다."

"예. 저는 불사신이잖아요. 아버지도 건강하게 지내세요."

"너에게 면목이 없구나. 충실하게 복무해라."

"알겠습니다. 그만 가세요."

어머닌 어느 샌가 손수건을 꺼내 눈물을 훔치시고 아버진 먼 산을 응시하며 숙연해지셨다. 강석이는 마지막 작별사를 읊조렸다.

"부모님! 걱정하지 마시라니깐요. 그 눈물이 기쁨의 눈 물이 될 날이 금세 올 겁니다."

2

보충대에서 며칠 대기하던 강석이가 강원도 지역의 백두산 부대로 배치되었다. 그래서 사단 신병교육대에서 기초군사훈련을 받게 되었다. 그곳은 한때 삼청교육대가 있었던 심산유곡 골짜기다.

군인이 되기 위한 훈련은 가혹했다. 철조망을 통과하고 사격과 수류탄 투척 등으로 몸과 마음이 조금씩 지쳐 갔지만 정신력만큼은 점점 강해져 갔다.

그러던 어느 날, 오후 훈련을 마친 뒤 지친 몸을 이끌고 부대 막사에 도착했다. 기다리고 있던 중대장이 수고와 격려의 말을 한 뒤 초코파이 한 개씩을 나눠준다. 게눈 감추듯 먹어 치운 강석이는 간에 기별도 안가자, 중대장에게 한마디 했다.

"중대장님! 질문 있습니다."

"오, 그래. 이강석 훈련병! 뭔데?"

"짚신도 짝이 있고 젓가락도 짝이 있는데, 초코파이는

왜 짝이 없습니까?"

"초코파이도 짝이 필요한지 미처 몰랐구나."

"괜찮습니다. 참고하셨으면 합니다."

"알았다. 다음엔 암수 왕 초코파이로 준비하마."

"감사합니다. 초코파이 만세!"

그로부터 3주 후 수료식과 함께 자대 배치를 받았다. 그런 다음, 호된 전입신고와 함께 본격적인 군생활이 시작된 것이다. 27대 장손 집안의 맏며느리나 다름없다.

아침에 눈 뜨고 일어나 잠깐 지난 것 같은데 해는 어느새 중천에 떠 있고, 잠시 업무를 하다 보면 해는 서산에 기울어 슬픈 미소를 짓고 있다. 똥오줌 못 가린 채 이리저리 뛰다 보니 시간 가는 줄 모른다. 이대로 가다간 세월 가는 줄도 모를 것 같다.

3

이제 갓 일병이 된 강석이가 유격 훈련을 받게 되었다. 주둔지에서 완전군장을 메고 4시간 동안 행군한 뒤 훈련장에 도착했다.

중식을 먹고 오후 한 시부터 유격훈련이 시작되었는데, 준비 운동인 PT체조부터 헉헉댔다.

그로부터 외줄타기·하강·암벽 등반 등 여러 훈련을

받았는데, 마지막 날의 하일라이트는 헬기레펠이었다. 모형탑에서 뛰어내리는 훈련인데, 문 앞에 서는 것만으로도 오금이 저려왔다.

깐깐한 조교가 외쳤다.

"17번 올빼미, 애인 있나?"

"있었습니다."

"큰소리로 3회 복창!!!"

"영숙아, 영숙아, 영숙아!!"

"마지막으로 할 말 있나?"

"잘 먹고 잘 살아라."

"문에 서!"

공포를 가장 심하게 느낀다는 11m 높이에 선 강석이는 사지가 부들부들 떨려 문 가까이 가지도 못하고 있었다. 저 멀리서 이를 지켜보던 유격대장이 소리친다.

"17번 올빼미! 뭐 하고 있나! 유격대장이 명령한다. 신속히 뛰어내려라."

강석이는 모기만한 소리로 중얼거렸다.

"네가 대장이면, 나는 웬수(원수)다. 누가 누구한테 함부로 명령이야!"

4

드디어 첫 휴가를 나왔다. 위병소를 통과하는데 안과 밖의 공기가 달랐다. 한랭전선과 온난전선의 차이였다.

강석이는 룰루랄라 휘파람을 불며 귀향 버스에 몸을 실었다. 저녁 무렵에 고향에 도착했는데 많은 사람들이 활발하게 움직이고 있었다.

'내가 없어도 빙글빙글 잘 돌아가고 있네!'

강석이는 조금 모아놓은 봉급으로 쇠고기 두 근을 산 후 집으로 향했다. 초인종을 누르자 어머니가 버선발로 뛰쳐나왔다. 눈물겨운 모자 상봉이 이루어진 것이다.

"어머니! 그 동안 잘 지내셨어요?"

"오냐. 얼마나 고생이 많았냐!"

"고생은요. 우리 모자가 이렇게 껴안고 있으니 정말 좋네요."

"조금 있으면 아버지도 퇴근하실 거다."

"그럼, 모자 상봉이 아니라, 부모자 상봉이 되겠네요."

"상봉동이 그렇게 유명하다냐?"

"예. 일가족 상봉도 있어요."

회자정리인가? 1주일 동안의 달콤한 첫 휴가는 그야말로 눈 깜짝할 사이에 지나가고 말았다. 강석이는 죽기보다 싫은 귀대를 위해 부모와 고향을 등진 채 발길을 돌려야만 했다.

5

첫 휴가를 마친 뒤 귀대한 강석이는 병영생활에 충실하였다. 그리고 상병이 되자마자 '천리행군'길에 나섰다. 무려 400km다.

며칠 동안 야지와 산악을 걷다보니 다리가 아파왔다. 뿐만 아니라 발바닥에 물집이 생겨 불편하기 짝이 없다. 군용 양말 바닥에 빨래 비누칠도 하고 군화 밑바닥에 솔잎도 깔았건만 별 소용이 없다. 그렇게 고난의 행군이 계속되자, 강석이는 혼자 중얼거렸다.

왜 물집이 나를 괴롭히지? 벌집이나 살무사집도 가만있는데 말이야.

누가 '지도 밖으로 행군하라.'고 했는데, 나도 작전 지도 팽개치고 자유롭게 뛰쳐나가 볼까나.

이렇게 강행군하다가 실신하는 거 아냐? 그래도 동료들이 있으니 참고 견디자. 행군의 아침은 밝고 행군의 저녁은 어두운가? 뭐니 뭐니해도 행군은 사나이들만의 특권이 아니던가. '행군의 행군에 의한 행군을 위한' 군생활은 계속되리라. 물집아! 불집 데려 오기 전에 잠잠해져다오.

6

보람찬 하루 일과를 마친 강석이는 저녁을 먹기 위해 사병식당으로 향했다. 입구에 들어서자 돼지고기 찌개 냄새가 코를 진동한다.

'오늘 힘든 하루였는데 익히 알고 영양식이 나오는 모양이구나.'

속으로 쾌재를 부른 강석이는 식판을 들고 배식구 쪽으로 다가갔다. 그런데 돼지고기는 보이질 않고 무와 기름만 둥둥 떠다니는 것이다. 강석이는 배식하는 고참 당번병에게 따져 물었다.

"건더기는 어디 갔어요?"

"난 취사병이 아니라서 잘 모른다."

"돼지가 장화 신고 건너갔어요? 아니면 땅 짚고 헤엄치기만 하다가 그냥 갔나요?"

"이강석! 너 자꾸 따질래?"

"간부식당으로 빼돌린 건 아니겠죠?"

"이 자식이…. 밥 처먹을래 말래?"

병장인 강석이는 고참 말을 듣는둥 마는둥 하며 식당 주방 쪽을 흘깃 쳐다봤다.

"선임하사와 취사병은 통돼지처럼 부어 있구만."

"꼬우면 너도 취사병으로 보직을 바꿔 인마!"

"알았는데, 인쥐들이 너무 많아 우리들만 배곯는다

니까.”

빼건 국물만 찰랑대는 식판을 든 강석이는 방황하는 청춘이 되어 사병 식당 안에서 헤매고 있었다.

7

강석이의 군생활도 점점 무르익더니 ‘떨어지는 낙엽도 피해 다닌다.’는 제대 말년이 다가왔다. 이제 특명(특별명령)만 떨어지면 꿈에 그리던 고향으로 가게 되는 것이다.

강석이는 한적한 주말 오후에 따사로운 햇살을 벗 삼아 지난 2년을 회상했다. 306보충대, 사단 신병교육대, 자대 배치, 첫 휴가, 유격, 행군 등이 주마등처럼 스쳐 지나간다. 다시 복학하면 2년 동안 어떻게 생활할 것인지에 대한 밑그림도 그려보았다. 간부들이 말하길 ‘보직은 짧고 군생활은 길다.’고 하는데, 나는 ‘인생은 길고 군생활은 짧다.’인 것 같다.

드디어 특명이 떨어져서 3주 후엔 전역이다. 그리고 사흘이 지나자 후임 신병이 전입을 왔다.

“니 집이 어디더냐?”

“예, 이병 홍길동! 전라도 광줍니다.”

“광주 몽땅? 무지하게 부자네.”

"아닙니다. 가난합니다."

"됐고, 누나 있냐? 아니면 여동생이라도…."

"누난 시집갔고 여동생은 중딩 2학년입니다."

"딱 좋다. 내가 업무 인계 잘 해줄 테니 소개시켜 줄래?"

"알겠습니다. 병장님 뜻대로 하겠습니다."

"너, 참 맘에 든다. PX에 가서 왕 초코파이 먹자."

"감사합니다."

"내가 초코파이 홍보대사다. 인마!"

"그것도 인계 받겠습니다."

제대 말년 강석이의 하루하루는 더딘 여유와 희망으로 부풀어 가고만 있었다.

8

드디어 강석이가 병역의 의무를 마치고 전역하였다. 다음 학기 개강 때까지 6개월 남아있는데 1개월 동안은 아무 생각 없이 신나게 놀았다. 그리고 5개월 동안 알바를 해서 등록금을 마련했다.

복학 후에도 두 마리의 토끼를 몰기 시작했다. 공부와 알바를 번갈아 가며 몰았다. 그렇게 하면서 학기말 고사를 치르고 나니 동원 예비군 훈련 통지서가 날아왔다.

1주일 동안의 예비군 훈련은 길고도 지루했다. 무엇보다도 방위병 출신들이 현역병처럼 행세하는 꼬락서니가 맘에 들지 않았다.

강석이는 방위병들끼리 수군대는 소리를 들었다.

"난 말야. 대위보다 계급이 높다. 대위 위에 방위 알지?"

"까불지 마라. 난 소령 위인 방령이다."

"나는 방위각만 정해지면 동서남북 어디든지 자유자재로 다닌다."

"방위는 예수나 석가모니와 동기동창인 거 모르지?"

가만히 듣고만 있던 강석이가 결국 한마디 했다.

"니들 방위 똥은 개들도 안 먹잖아. 똥개들도 같잖아서 피하잖아. 조용히 입 다물고 있을래, 군기 좀 잡힐래?"

향토예비군 훈련은 이래저래 뺑뛰기 훈련 비슷하게 진행되었고, 서서히 국방의 의무를 마무리 짓고 있었다.

세차

강석이가 대학 졸업 후 취업이 되기 전까지 세차장에서 알바를 했다. 그 시절엔 자동 세차기가 없어 손세차를 하던 때다.

주말과 퇴근 시간이 겹치면 세차장은 만원 사례다. 기다리다 지친 차주들이 빨리 세차해 달라고 아우성이다.

"많이 밀려서 한 시간 이상 기다려야 됩니다."

"시간 없단 말야. 따블로 줄테니 먼저 해 줘."

"따따블을 주셔도 그건 안됩니다."

"세차 말고 두 차만 해도 돼. 한 차도 괜찮고…."

"반 차는 어떻습니까! 3분이면 하는데…."

"반 차 ok! 요금 반액!!"

"안됩니다. 약속대로 따블입니다."

"순전히 날강도구만."

"지금 열세 차가 밀려 있는데 세차할까요, 말까요?"

속도 위반

고속도로 제한속도는 시속 100km 아니면, 110km이다. 이 제한속도에서 10km가 넘으면 과태료가 부과된다. 하지만, 사랑의 제한속도는 없고 속도 위반했다고 해서 과태료 부과 대상도 아니다.

가을바람이 살랑살랑 불어대던 어느 날, 강석이가 어여쁜 아가씨를 데리고 부모님 앞에 나타났다.

"저희 결혼하겠습니다. 허락해 주십시오."

"누구 맘대로…."

"……. 제 후손이 무럭무럭 자라고 있는데요."

"속도 위반 했단 말이냐?"

"예~에. 죄송합니다."

"시속 몇 km로 달렸는데?"

"거의 아우토반 수준인데요."

"이 녀석 조루증이 심하구만. 여보! 보약 한 제 해 먹이고 거시기 출입 금지령 내려."

"허락하시는 거죠?"

"출산 때까진 거시기 출입을 금하노라. 그리고 아가! 너도 몸조심하고 절대로 출입시켜선 안 되느니라. 내 말 알아들었지?"

찍어

강석이가 겨울 휴가를 얻어 애인을 데리고 별장에 갔는데 불을 피우지 않아 냉방이었다.

조급해진 강석이는 도끼를 들고 장작을 패는데 ○○○후보가 승용차를 타고 나타났다.

"안녕하십니까! 기호 5번 ○○○ 후봅니다."

"그런데 무슨 일로 오셨습니까?"

"이제 보궐선거가 며칠 남지 않았는데, 꼭 5번 찍어주시면 감사하겠습니다."

"몇 번 찍으라고요?"

"5번 찍으면 됩니다."

"이왕 도끼를 들었으니 이쪽으로 오시죠. 지금 다섯 번 찍어버립시다."

"예~에?"

그러자 옆에서 지켜보고 있던 애인이 한마디 거들었다.

"그 남자 찍는다면 정말 찍어요. 저도 찍혀서 여기까지 따라 왔잖아요."

여성 직업

결혼 적령기에 접어든 강석이가 어떤 직업을 가진 여자를 선택할까 고민하다가 순위를 매겨 보았다.

· 1위 : 간호원(옷 벗고 누우세요.)
· 2위 : 엘리베이터 걸(빨리 올라 타세요.)
· 3위 : 캐디(한 번에 넣으세요.)
· 4위 : 은행원(넣기만 하고 빼지는 마세요.)
· 5위 : 유치원 선생(참 잘했어요. 한 번 더 하세요)

그러다가 문득 미화원이 생각났다. 털고 쓸고 뿌리고 닦고 빨고 널고 개어 넣고, 또 날마다 반복해서 쓰니 1인 7역의 전천후가 아닌가.

'그래. 내 배우자는 미화원이 딱이야.'

강석이는 그때부터 처녀 미화원을 찾아 나섰으나 3년이 지나도록 찾지 못하고 헤매기만 했다.

'미화원은 그만 두고 동창생인 미화에게 청혼해 볼까?'

Ⅳ 장년기

30대부터 64세까지

포기

배추 농사를 짓는 농부의 아들인 강석이가 고시에 연속 실패하더니 급기야 낙심한 표정으로 고향에 내려와 아버지 앞에 무릎을 꿇었다.

"아부지! 이제 포기할랍니다."

"뭐여?"

"너무 힘들어요. 그냥 농사나 지으며 살래요."

"이놈아! 포기란 배추 다발 셀 때나 쓰는 말이여."

"……?"

"포기는 아부지한테 맡기고 너는 반포기 선언해라. 그리고 계속 도전 혀라~잉!"

"알았구만요. 열 포기가 될 때까지 도전할랍니다."

목욕 재개

강석이의 신혼 밤은 목욕 재개로부터 시작된다. 하지만 게으른 강석이는 퇴근 후 잘 씻지도 않는다. 그저 마누라가 차려준 저녁밥을 맛있게 먹고 TV 앞에 쭈그리고 앉아 히죽거리고만 있다.

부지런한 마누라는 설거지를 한 다음, 조용히 샤워까지 마친 후 분홍색 홈드레스를 입고 은은한 유혹의 향기를 내뿜는다.

TV에서 잠깐 눈을 뗀 강석이는 섹스 본능의 수캐처럼 달려든다.

"잠깐! 목욕부터 하세요."

"그저께 대중목욕탕에 가서 빡빡 문질렀는데…."

"오늘 돈 버느라 땀 흘렸으니 샤워를 하셔야죠."

"거~참! 유혹할 땐 언제고 김 빼긴…."

"빨리 씻고 오세요, 서방니~임!"

"으~음, 알았어. 24시 사우나에 가서 구석구석 씻고 올게."

"뭐라고요? 날 새고 온다고요?"

"목욕 재개를 해야 합궁이 잘 될거 아냐."

"그냥, 처음 하던 대로 해요."

"진작 그렇게 나올 것이지. 목욕은 무슨…."

부인

결혼 후 5년이 지나 첫 아기를 갖게 된 강석이는 미쳐 날뛰듯 좋아했다. 그리고 분만 예정일이 다가오자 함께 산부인과를 찾아갔다.

진찰을 마친 의사가 다정스럽게 말하였다.

"부인! 아이는 지극히 정상입니다. 축하합니다."

그러자 조급해진 강석이가 재빨리 질문했다.

"아들입니까, 딸입니까?"

의사는 멈칫하더니 대답했다.

"낳아봐야 알겠는데요."

약간 기분이 상한 강석이는 따지듯 대꾸했다.

"조금 전에도 '부인' 하더니, 지금도 부인하십니까?"

피서

찌는 듯한 삼복더위가 찾아왔다. 휴가철도 더불어서 말이다.

강석이는 일가족을 데리고 어디로 휴가를 떠날까 고민하고 있었다. 굳이 고민이랄 것도 없다. 전권을 거머쥐고 쥐락펴락하는 마누라에게 물어보면 즉시 해답이 나올 것이기 때문이다.

“다음 주 월요일부터 휴간데 어디로 갈까?”

“찜통 더위니까 피서를 떠나야지.”

“그러니까 어디로 가냐고….”

“서쪽은 피하고 동쪽으로 가자.”

“난 변산반도가 좋은데….”

“그럼 피서가 아니고 피동이지. 울릉도로 가자.”

“알았다. 니 맘대로 하세요.”

아내는 운전 중

강석이 부부가 한참 침실에서 뒹굴고 있는데, 집사람의 휴대폰이 울린다. 집사람은 거의 홍콩에 갈 지경이라 강석이가 대신 받았다.

"여보세요."

"어머! 강석씨 아니세요?"

"맞는데, 누구시죠?"

"부인하고 좀 통화하고 싶은데요. 저는 강철씨 안사람이에요."

"지금 집사람 운전중이라 곤란한데요."

"그런데 왜 이리 조용하죠? 어디 은밀한 곳에서 운전하시나 보죠?"

"예, 홍콩에 갔다가 낭떠러지로 추락하기 직전입니다."

"지난번에 영업용 운전하다가 죽을 뻔했는데, 잘 도와주세요."

"전화 끊는게 도와주는 겁니다. 끊을게요."

"운전 끝나거든 전화 부탁합니다. 그리고 저도 좀 도와주세요."

"그리하지요. 언제든 대환영입니다."

"알았어요. 조만간에 연락드릴게요."

벽치기

운송회사에 근무하는 강석이는 물건을 상차하여 보내고 나자, 다소 여유시간이 있었다. 그래서 동료들과 100원짜리 동전으로 벽치기 도박(?)을 했다.

10분쯤 지나자 1,000원을 잃은 강석이는 슬그머니 화가 치밀었다. 그래서 500원짜리 동전으로 벽치기 하자고 제안하자, 모두 동의했다.

하지만, 10분쯤 지나 5,000원을 잃고 말았다.

심각한 표정을 짓던 강석이는 투덜거렸다.

"집에서 마누라와 벽치기 할 때는 항상 내가 이기는데…."

그러자 동료가 궁금하다는 듯이 물었다.

"하루에 얼마나 따는데?"

강석이는 잔잔한 미소를 머금으며 대답했다.

"아침에 출근할 때마다 만원씩 주던데…."

목수와 파출부

맞벌이를 하고 있는 강석이 부부가 어느 날 밤 늦은 시간에 즐거운(?) 싸움을 하게 되었다.

목수인 강석이가 먼저 말했다.

"낮엔 못 박고 밤에 X 박느라 힘들어 죽겠다."

그러자 파출부 일을 하고 있는 마누라가 대꾸했다.

"나도 마찬가지야. 낮엔 빨래 빨고 밤엔 X 빠느라고…."

그 순간 자고 있던 아들이 벌떡 일어나며 말했다.

"못은 망치가 박고 빨래는 세탁기가 하는데 힘들긴 뭐가 힘들어?! 참고 있는 내가 힘들지."

그 후로 강석이 부부는 불타는 밤이면 동네 모텔을 이용하여 통합 타이틀전을 치르곤 했다.

카센터

강석이가 카센터를 방문했다.

잠시 후 땀을 뻘뻘 흘리며 수리 중인 카센터 사장이 안쓰러워 슬그머니 농담을 걸었다.

· 강석 : 사장님! 차 안에서 해봤습니까?
· 사장 : 뭘 해요? 땀 나구만.
· 강석 : 에어컨 틀어놓고 하면 되잖아요.
· 사장 : 저는 한번도 해본 적이 없습니다.
· 강석 : 거짓말하지 마세요. 내기 할까요?
· 사장 : 제 양심을 걸고 맹세합니다.
· 강석 : 사실이라면 오늘 수리비는 공짜입니다.
· 사장 : 좋습니다.
· 강석 : 맑은 날 차 안에서 해를 본 적이 한번도 없습니까?
· 사장 : 졌습니다. 여기까지만 고치겠습니다.

부채

열대야 현상으로 잠을 이루지 못한 강석이는 시민공원으로 나갔다. 여기저기 많은 사람들이 나와서 저마다 바람을 일으키고 있었다.

빈손으로 나온 강석이는 옆사람에게 속삭이듯 말했다.

"실례합니다만, 부채 좀 빌릴 수 없을까요?"

그러자 그 사람은 위 아래로 훑어보며 응수하였다.

"이 무더운 날에 부채도 없이 나왔단 말이예요?"

시무룩해진 강석이는 재빨리 위기를 모면하였다.

"죄송합니다. 우리 집은 부채가 너무 많아 부채 살 돈이 없어서요."

시계와 기장

강석이가 모처럼 해외여행을 가려는데 인천 공항에 안개가 잔뜩 끼었다. 불안한 마음으로 비행기에 탑승한 강석이는 심사숙고하더니 기장실 문을 세 번 노크했다. 그리고 아무렇지 않아 보이는 기장과 마주 앉았다.

"지금, 시계가 나쁜데 이륙할 수 있겠습니까?"

"제 시계는 메이커라 괜찮은데 손님 건 가짭니까?"

"뭐야? 당신 기장 맞아?"

"제 양복 기장은 맞는데 손님 것은 약간 짧은 것 같네요."

강석이는 화가 치밀어 기장실 문을 박차고 나왔고, 기장은 콧노래를 부르며 서서히 이륙을 시작했다.

백구두와 팬티

백수건달이 된 강석이가 카바레를 드나들더니 6개월쯤 지나 제비로 변신했다. 그래서 돈 많은 과부와 손을 맞추게 되었다.

강석이는 광이 번쩍이는 백구두를 신었고 과부는 미니스커트를 입었다. 미끄러지듯 몇 바퀴를 돌던 강석이는 과부 귀에 대고 은밀하게 속삭였다.

"싸모님! 오늘은 외로우신가 보네요. 노란 팬티를 입으셨네요."

과부는 혼잣말로 중얼거렸다.

'이 자식이 어떻게 알았지?'

두 사람은 다음날 다시 만났는데, 강석이가 또다시 속삭였다.

"오늘은 정열의 빨간 팬티를 입으셨네요."

과부는 불쾌했지만, 내일을 기약한 후 노팬티 차림으로 나타났다.

빙빙 돌던 강석이는 약간 당황했고 여유로워 보이는 과부는 다소 의기양양했다. 한참 후 강석이가 엎드리며 소리쳤다.

"헉! 내 백구두가 찢어졌잖아."

전경 남편

강석이는 한때 동창회에서 편집 일을 했다.

전국에 살고 있는 회원들의 명단을 작성하는 일을 맡았는데, 주소와 연락처를 모두 알아내기가 만만치 않았다.

강석이는 어찌어찌해서 졸업생 90% 가량을 알아냈다. 서울을 비롯한 중북부 지방 명단은 거의 되었는데 남부 지방이 문제였다. 하지만, 자료 수집 마감 시한은 더 이상 기다려주지 않았다.

급기야 회장과 총무를 비롯한 간부진들이 모여 회의를 열었다. 느긋하고 점잖은 회장이 말을 꺼냈다.

"동창 회원 명단 작성은 어떻게 됐습니까?"

"90% 남짓 되었는데, 조금 부족합니다."

"어느 지역이 가장 저조합니까?"

"남부 지방인데 전남편과 경남편이 50% 정도 밖에 되지 않습니다."

"전남편 말고 지금 남편들한테 물어보지요."

"그럴까요. 전남편은 아예 호적에서 빼고 현남편만 넣겠습니다."

"경남편은 어떻습니까?"

"가벼운 남편은 빼고 묵직한 남편만 넣지요."

"그럼, 전남편과 경남편을 빨리 보강해서 인쇄해 버립시다."

"알겠습니다. 합해서 전경 남편을 찍어버리겠습니다."

나가

작은 중소기업체에 근무하는 강석이는 노란 완장을 두른 채 물류창고 관리를 맡았다. 이곳은 협력업체 화물 차량들이 빈번하게 드나들기 때문에 바쁜 일과를 보내야만 했다.

특히 입출고 장부 현황 관리를 해야 하므로 꼼꼼하게 일처리를 하지 않으면 낭패보기 십상이다.

입고 서류 세 장을 손에 든 강석이가 확인차 각자에게 물었다.

"아저씨! 성씨가 어떻게 돼요?"

"김갑니다."

"다음 아저씨는요?"

"박간데요."

그런데 한 사람은 출입문 쪽에서 일을 보고 있었다.

"어이, 거기 아저씨! 성씨가 뭐요?"

"나갑니다."

"나가지 말고 성씨를 말하라니까요."

"나가라니까 왜 또 물어요?"

"누가 누구한테 나가라는 거야. 지금 제정신이요?"

"성이 나가라니까요. 뭐 잘못됐소?"

"그래요? 미안하우. 이제 됐으니 빨리 나가시구려."

자영업

강석이의 마누라 이름이 '자영'인데 결혼한 지 20년쯤 된다. 그동안 풍요롭게 살진 않았지만 중소기업체에 다니며 그럭저럭 잘 살아왔다.

그러다가 구조조정에 휘말려 퇴사를 하게 되었다. 사오정 무렵이라 고민하던 강석이는 마누라와 머리를 맞대고 긴급 대책회의를 열었다.

"여보! 앞으로 어떻게 살아가지?"

"글쎄. 난 경험이 통 없어서…."

"재취업은 힘들 것 같고…. 자영업이나 할까?"

"뭐라고? 내가 물건이야?"

"그게 아니라…."

"내 몸을 팔아 호의호식하겠다고?"

"아니라니까. 분식집이나 통닭집 같은 거 말이야."

"그래서 자영이 등골 빼먹겠단 소리지?"

"관두자. 막노동이라도 해서 먹여 살릴 테니…."

"진작 그렇게 나올 일이지. 자영업은 무슨 얼어 죽을…."

포장

맨날 풀로 대변되는 푸성귀만 먹던 강석이가 점점 토끼로 변신해 가는걸 느꼈다.

그러던 어느 날, 큰맘 먹고 동네 통닭집으로 향했다.

"통닭 한 마리 튀겨주세요."

"양념으로요? 아니면 프라이드로요!"

"프라이드는 뭡니까? 자존심인가요?"

"그냥 튀기기만 한 건데 양념보다 조금 쌉니다."

"그래요? 포장해서 가져가면요?"

"이천 냥 빼드려요."

"비포장은 더 싸겠네요?"

"예?"

"내가 어렸을땐 거의 비포장이어서 먼지가 풀풀 날렸거든요."

"그랬어요? 그럼 비포장으로 할까요?"

"예. 그리고 천 냥 더 빼주세요."

"……."

배

강석이가 김삿갓 흉내를 내며 백두대간을 오르내리던 어느 날, 낙동강변 어디쯤엔가의 탐스러운 배밭을 지나게 되었다.

'거참! 당도 99%로 먹음직스럽게 생겼군.'

강석이는 즉석에서 배 두 개를 먹어 치우고 두 개는 주머니에 챙겨 넣었다. 그리고 청순가련한 여인네가 노를 젓는 나룻배에 몸을 실었는데, 강석이와 여인네 뿐이었다.

잠시 후 노를 젓기 시작하자 바람결에 스치는 여인네의 향기에 취한 강석이는 고향땅에 두고 온 마누라가 그리워 슬슬 작업(?)을 걸었다.

"여보, 마누라!"

"아유, 깜짝이야. 내가 왜 당신 마누라란 말이요?"

"내가 당신 배에 올라탔으니 내 마누라지."

"……."

여인은 생각에 잠긴 듯 아무 말없이 노만 저어나갔다.

잠시 후 나룻배가 강 건너편에 도착했다. 강석이가 배에서 막 내리자마자 기다렸다는 듯이 사공 여인네가 한마디 했다.

"잘 가거라, 아들아!"

"엥? 내가 왜 당신 아들이란 말이요."

"방금 내 배에서 내렸으니 아들이지."

"허허허, 맞소. 마침 아들에게 배 두 개가 있는데 사이좋게 하나씩 나눠 먹읍시다."

"그렇다고 내 배 위로는 올라타지 마라. 대신 타고 온 뱃삯은 50% 바겐세일 해주겠노라."

"배도 먹고 세일 배도 탔으니 꿩 먹고 알 먹고요."

"도랑 치고 가재 잡을 생각일랑 꿈도 꾸지 마라."

"가재는 무슨…. 이왕이면 강둑을 막아 숭어를 잡아야지요."

인도

법원 앞 동네에 강석이가 살고 있는데, 인도에 주차해 놓은 차들이 많았다.

'대한민국 법질서가 개판이군. 소판이나 말판으로 빨리 바꿔야 하는데….'

그러던 일요일 날 정오쯤에, 강석이는 인근 교회 목사를 찾아가 따져 물었다.

"목사님! 왜 자꾸만 불법 차량들을 인도로 인도하십니까?"

"그게… 무슨 말입니까?"

"저기 보십시오. 인도에 차들이 여러 대 올라와 있지 않습니까?"

"진정하시죠. 제가 인도를 잘 해서 인도가 아닌 파키스탄이나 방글라데시에 주차시키도록 하겠습니다."

"인도 위에 네팔과 부탄도 있습니다요."

"석가모니께서도 잘 인도하시겠지요."

동장군

6·25 한국전쟁이 한창인 1950년 말, 동부 전선에서 크리스마스 전투가 치열하게 전개되고 있었다.

상황이 급박해진 군단장은 긴급 지휘관 회의를 열었다. 군단장과 사단장 3명이 지하 벙커 상황실에 모였다.

군단장이 먼저 입을 열었다.

"이번 전투는 성공적인 흥남철수작전을 위해서 꼭 방어해야 합니다."

"죽기를 각오하고 싸우겠습니다."

"문제는 동장군과의 싸움이요."

이때 이씨인 강석이가 잽싸게 끼어들었다.

"김장군, 박장군은 여기 있는데 동장군은 누굽니까?"

"어허, 이장군! 한 겨울에만 나타나는 장군이 있잖소."

"고드름 장군 말입니까?"

"여차하면 동장군이 아니라 똥장군이 되겠소!!"

"똥장군은 고향에서 똥통 짊어지는 우리 아버진데요."

"부자지간에 똥장군과 동장군 모두 하시지요."

"그럼, 아버지는 군사령관이 되는 겁니까? 아무튼 가문의 영광입니다."

1주일 사랑가

어떤 여가수가 '월화수목금토일'이 마냥 행복하다고 목청껏 힘주며 노래했다.

그래서 강석이는 자신과 비교하며 곰곰이 생각한 끝에 다음과 같은 결론을 얻었다.

·월(月) : 달나라 토끼처럼 후다닥하고 엎어져 잔다.
·화(火) : 불금은 '불타는 화요일'의 변형이라며
화끈하게 떡방아 찧는다.
·수(水) : 샛별이 반짝이는 새벽녘에 물불을 가리지
않고 달려든다.
·목(木) : 도끼로 나무를 팬 장작처럼 활활 타오른다.
·금(金) : 비너스의 화신이 되어 쇳소리 나게
부딪친다.
·토(土) : 토토와 로또를 꿈꾸며 초저녁부터 뒤엉켜
레슬링을 한다.
·일(日) : 부부가 따사로운 햇살 아래에서 주중에
망가진 연장을 쓰다듬으며 리모델링
공사를 한다.

비

강석이가 3박 4일 동안 출장을 가게 되었다. 때마침 그 지역에 고등학교 동창 친구가 살고 있어 신세를 지기로 했다.

첫날은 친구 마누라가 반기는 기색이더니 둘쨋날은 무표정한 얼굴이고, 셋째날엔 돌 씹은 얼굴이다.

그래도 강석이는 내색하지 않고 마지막 하룻밤을 더 묵었다. 마지막 넷째날은 금요일인데, 아침부터 비가 내리더니 오후 늦게까지 그칠 줄을 모른다.

'짧은 비는 겉옷을 적시지만 긴 비는 영혼을 적신다.'고 했던가. 강석이의 영혼이 서서히 적셔가고 있었는데, 이왕 내친김에 주말까지 쉬었다 갈 생각으로 친구 마누라에게 슬그머니 말을 꺼냈다.

"아침부터 이슬비가 부슬부슬 내리네요."

"그러게 말입니다. 내가 보기엔 가랑비 같습니다만…."

"아니요. 조금 더 있다가 가라고 이슬비가 내리네요."

"천만에요. 늦기 전에 빨리 가라고 가랑비가 오구만요."

"이슬빈지 가랑빈지 친구한테 물어봅시다."

"그 양반은 비만 오면 우산 잃어버리고 가랑비에 촉촉

하게 젖어 들어오기 일쑤예요."

"그래요? 내가 우산 잘 챙겨서 이슬비 맞지 않도록 함께 들어올게요."

"가랑비에 젖는다니까요."

"이슬비라고 이미 소문 다 났어요."

방과 집

1

강석이가 주말부부를 하게 되었다. 맞벌이하는 마누라가 멀리 떨어진 곳으로 발령이 났기 때문이다. 강석이 부부는 부득이 그 동네의 방을 구하려고 복덕방을 찾았다.

"저~, 방 하나 구하려고 하는데요."

"원룸이요? 아니면 투룸이나 쓰리룸으로…."

"가장 좋은 방으로요."

"글쎄요. 원하는 방이 어떤 방인지…."

"어떤 종류가 있습니까?"

"쪽방, 다락방, 사랑방, 문간방, 옥탑방…."

"이 방 저 방 다 좋아도 내 서방이 제일 아닙니까?"

"예?"

"그냥 서방으로 주세요. 우리 마누라가 제일 좋아하는 방이거든요."

2

20년 동안 맞벌이를 한 강석이 부부가 드디어 내 집

을 장만할 여건이 되었다. 그래서 강석이 부부는 아담한 동산이 있는 동네의 복덕방을 찾아갔다.

"집 좀 보러 왔는데요."

"사시려고요? 아니면 전세나 사글세를……."

"예, 사려고요."

"그럼, 아파트? 양옥? 한옥…?"

"가장 좋은 집으로요."

"글쎄요. 원하시는 집이 어떤 집인지…."

"이 집 저 집 다 좋아도 내 계집이 제일 아닙니까?"

"예?"

"그냥 계집으로 할래요. 내가 제일 좋아하는 집이거든요."

세탁

백수인 강석이가 길에서 작은 가방을 발견하고는 재빨리 골목길로 들어가 가방을 열었다.

그 순간 강석이의 두 눈이 휘둥그레졌다. 오만원권 지폐 뭉치가 여러 개 들어있기 때문이다. 잠시 망설이던 강석이는 그 가방을 들고 세탁소로 향했다. 세탁소 주인은 옷 대신 가방을 든 강석이를 보자, 다소 의아해 했지만 그냥 반겼다.

"어서 오세요."

"저~, 이 가방 세탁 좀 해주세요."

"예? 어떻게 말입니까!"

"오만원권을 만원권으로 세탁해 주세요. 오천원권도 좀 넣고…."

"여긴 돈 세탁하는 곳이 아닌데요."

"왜요. 돈 많은 재벌들은 전부 돈세탁을 한다던데…. 액수가 적어서요?"

"아니요. 뭔가 잘못 알고 오신 것 같은데요."

"모르긴 뭘 몰라요. 돈 가방을 한 개 더 주워올 테니 그땐 꼭 세탁해 주세요."

"……."

키

키가 160cm밖에 안 되는 강석이는 작은 키 컴플렉스 때문에 항상 굽 높은 신발을 신는다.

하지만 여러 사람들 앞에선 별로 개의치 않는다. 오히려 고교 동창들 모임 때에는 은근히 과시하기도 한다.

"강석인 학교 다닐 때나 지금이나, 여전히 앉은뱅이네!!"

"왜, 그게 불만이냐?"

"불만은 무슨…. 사실을 말한 것 뿐인데…."

"내 키는 땅에서 재면 제일 작지만 하늘에서 재면 가장 큰 키야. 알아?"

"그거 나폴레옹이 한 말이잖아."

"알긴 아네? 아무튼 그게 그거지."

"그리고 위장하려고 굽 높은 나이키 신었잖아."

"지천명의 나이에 이 정도 키는 되어야 하지 않냐? 그래서 나이키 신었다. 떫냐?"

"땡감도 아닌데, 떫긴…. 강석아! 그래도 조심해라! 키로 불면 날아갈지도 모르니까."

"그 키나 내 키나 비슷한데 날아가겠냐? 키 큰 너나 조심해라. 바람 불면 허리 부러질지도 모르니까."

의원

가슴 통증을 호소하던 강석이가 급기야 동네 병원으로 달려갔다.

"어떻습니까? 의원님!"

"글쎄요. 뭔가 구린 데가 있는데, 잘 모르겠네요."

"그래서 어떻게 하라고요?"

"큰 데로 가 봐야 할 것 같습니다."

"국회로 가면 될까요?"

"국회의원들은 서로 쌈박질만 하고 돈만 꼬박꼬박 챙겨가니 별 소용이 없을 겁니다."

"그럼, 어디로 갈까요?"

"국회의장이나 대법원장 쪽이 나을 겁니다."

"왜요?"

"우두머리가 지시하면 모두 달겨들어 치료해 주지 않을까요?"

"요즘엔 그렇지도 않더라고요. 거기도 챙겨먹는 건 마찬가지겠죠? 차라리 기초의원이 나을지도 몰라요."

"왜 그렇게 생각하는데요?"

"아직 물들지 않은 햇병아리들이니까 무보수로 성심성의껏 돌봐주지 않겠습니까?"

"그렇네요. 빨리 기초의원을 찾아가세요."

보너스

조루증인 강석이가 마누라 배 위에 올라타서 삿대질은커녕 부러진 노만 너댓 번 젓다가 힘없이 고개를 숙이고 말았다. 이에 화가 난 마누라가 배치기를 사정 없이 해댔다. 강석이는 낙동강 오리알이 되어 방바닥으로 굴러떨어졌다.

"워따메, 배가 뒤집혀 사공이 죽게 생겼네."

"이 등신아, 사공이 뭐하는 짓이여. 산으로 가게 생겼다."

"이제 유통기한이 지났나벼."

"마트에 가면 '원 플러스 원' 행사를 하고 시장통에 가도 보너스로 한 개 더 준께. 한 번 더 하드라고~ 잉?"

"시방은 무리여~. 연말 정산해서 X-마스 이브날 비아그라 왕창 묵고 하드라고…. 미안혀, 마누라!"

"내가 못 살아. 보너스로 하나 더 얻든지 해야겄당께."

각하

우리나라 최초의 여성 대통령이 국정을 농단하여 탄핵 심판을 받게 되었다. 그리고 헌법 재판관들의 만장일치로 탄핵이 결정되었다.

노심초사하던 여성 대통령은 늙은 비서실장인 강석이를 불렀다.

"각하되었습니까?"

"각하閣下! 죄송합니다. 각하却下되지 않았습니다."

"이제 각하 건은 어떻게 되는 겁니까?"

"각하가 되지 않았으므로 각하께서는 물러나셔야 합니다."

"각하가 각하 때문에 사임해야 한단 말이오?"

"그렇사옵니다. 그뿐만 아니라 '각하!'라는 호칭도 사라집니다."

"결국 각하 때문에 내 인생이 각하되는군요."

"맞습니다. 여생을 편하게 정리해야 할 것입니다."

"전하나 폐하도 꿈꾸었건만…."

"저하나 합하도 이번 생에선 어렵게 되었습니다."

"저 생에서나마 어떻게 안 될까요?"

"그건 가능합니다. 거긴 양심도 수치심도 없으니까요."

기도

결혼 20주년을 맞이한 강석이가 새로운 여자를 꿈꾸기 시작했다. 한 달쯤 지난 후, 강석이는 뒷동산 꼭대기에 올라가 지그시 두 눈 감고 간절히 기도를 시작했다.

'단군 할아버지! 새롭고 참한 여자를 소개하여 주옵소서!!'

그러자 한 줄기 빛을 타고 할아버지께서 내려와 말했다.

"곰과 여우, 그리고 영계가 있는데 누굴 원하느냐!"

"셋 모두 보내주시면 안 될까요?"

"알았다. 너희 집에 가서 기다리거라."

"대단히 감사합니다. 이 은혜는 결코 잊지 않겠습니다요."

"그럴 필요까진 없다. 곰처럼 묵묵히 내조하는 마누라와 여우같이 쫑알대는 큰딸과 이제 초딩인 귀여운 작은딸이 있질 않으냐! 셋 모두 책임지거라."

"예? 그건…."

"네 이놈! 어느 안전이라고 거역하겠다는 거냐?"

"알겠나이다, 아이고 캑캑! 기도를 잘못해서 내 기도가 막히나 봅니다."

불어

강석이가 주말 저녁 계 모임에서 쐬주 석 잔을 마신 뒤 운전대를 잡고 귀가 중에 경찰과 실랑이를 벌이게 되었다.

"죄송합니다만, 부실래요?"

"불게 없는데요."

"시간 없어요. 빨리 부시라니까요."

"해 먹은 게 없는데 뭘 불어요. 부시는 만난 적도 없고요."

"지금 경찰을 갖고 놉니까?"

"우리 집에도 장난감 많아요."

"마지막으로 경고하는데, 불지 않으면 공무집행방해죄가 추가됩니다."

"꼭 불어야만 한다면 불어로 하지요. 삐에르 가르땡 봉쥬르 빨리 가쁘르. 이제 가도 되죠?"

미화

정년퇴직 후 미화원으로 재취업한 강석이가 고등학교 연말 동창모임에 참석했다.

소주 한 잔씩 걸친 뒤 신바람이 났는데, 학창시절에 라이벌이었던 친구와 기 싸움을 하게 되었다. 친구가 먼저 학교 성적과 외모에 관해 선제공격을 해왔다.

"강석아! 내가 너보다 공부도 잘했고 훨씬 미남이 잖아."

"뭐라고? 지금 얼굴 사진 찍어서 SNS에 올려볼까?"

"뭐, 그렇게까지 할 필요가…."

"그리고 내일 당장 학교에 가서 성적표 떼 보자."

"강석이 너 술 취했냐? 과민 반응이다. 시방!"

"네가 자꾸만 미화시키니까 그렇지!!"

"옆 반 미화는 네가 더 좋아했잖아. 가수 장미화도 좋아했고…."

"그래! 아직도 미화를 못 잊어 미화원으로 일하고 있다. 어쩔래?"

"엥! 그게 무슨 말이지?"

"그러니까~, 술이나 한 잔 더하자. 미화 언니 지화자!"

부자지간

1

강석이는 어려서부터 탈모증세가 나타났다. 처음엔 대수롭지 않게 생각했는데, 점점 민둥산처럼 넓어져 갔다. 급기야 궁금증과 의혹이 부풀어 올라 아버지한테 물어봤다.

“아부지! 왜 나만 머리카락이 없어요?”

“글쎄다. 가발 하나 맞춰주련?”

“혹시 탈모 집안에서 입양한 것 아니죠?”

“글쎄다. 아닌 것 같기도 하고….”

“예? 내일 부모님 청문회해야겠네요. 출석하세요.”

“오늘 밤에 대책을 잘 세워야겠구나.”

“에이! 내 팔자가 스님 팔잔가 봐요. 그냥 땡초나 할래요!”

“생활 광고지 보니까 oo사에서 모집하더라.”

이때 어머니가 문 열고 들어오면서 한마디 한다.

“부자지간에 잘들 논다. 뭣이 어쩌고 어째?”

2

50대인 강석이와 20대인 아들이 공중화장실 소변기에 나란히 서서 일을 본다. 가만히 보아하니 두 사람 모두 가운데 물건(?)을 오른손으로 잡고 있다.

한참 일을 보다가 한심하게 생각한 강석이가 한마디 한다.

"이놈아! 너도 바지에 흘릴까 봐 잡고 싸냐?"

"그게 아닌데요."

"아니긴 뭐가 아냐? 애비가 니 나이 땐 분기탱천하여 감당하기 어려웠느니라."

"맞아요, 아부지! 잡고 있지 않으면 입으로 들어가요."

3

죽장에 삿갓 쓴 강석이와 깡통에 밀짚모자 쓴 아들이 도심 변두리 지역을 거닐고 있었다. 아침도 쫄딱 굶었는데, 어떻게 구걸해서 배를 채울 건지 동냥 길에 오른 것이다. 그래서 동서남북 어느 방향으로 갈까 두리번거리는데, 저 멀리서 아주 오래된 아파트가 조금씩 기우는 것이었다.

"아부지! 저기 아파트가 무너지려고 한당께."

"그래? 큰일 났구나."

"우린 집도 절도 없으니 염려 붙들어 매도 되지라우."

"암! 그렇고말고…. 온천지가 우리 집인데…. 애비 잘 둔 덕이니라."

"야~! 지도 장가가면 아부지처럼 살랑께요."

낚시

어느 주말 새벽에 강석이가 몸보신용 붕어찜을 기약하며 낚시터를 향해 대문을 나섰다. 하지만, 해가 중천에 떠오르도록 월척은커녕 피라미 한 마리도 잡히질 않는다.

해가 뉘엿뉘엿 서산마루에 걸릴 때까지 찌와의 전쟁을 치른 강석이는 도구를 챙겨 들고 막 떠나려는 순간, 어떤 아리따운 여인네가 다가와 다소곳이 묻는다.

"사장님! 많이 낚으셨어요?"

"보다시피 겨우 세 마리네요."

"꼭 물고기만 낚으라는 법은 없잖아요."

"에~잉? 그래서~요."

"바로 옆에 여섯 자 짜리 대어가 있잖아요."

"당신, 꽃뱀 맞지?"

"꽃뱀은 무슨…. 저는 화사花蛇예요."

"화사? 회사는 들어봤어도…."

"사자~앙 니~임! 다 아시면서…."

"낚시터에도 우리 회사 비슷한 제품이 있는 줄 미처 몰랐구먼."

암

중년의 강석이가 정기적인 건강 검진차 병원을 방문했다. 평소 건강을 자신했기에 형식적인 절차라고 생각했는데 의외로 심각한 질병이 발견되었나보다.

담당 전문의의 호출을 받은 강석이는 덤덤한 자세로 찾아갔다.

"예기치 못한 질병이 있습니다."

"무슨…. 몹쓸 병입니까?"

"예. 위암입니다."

"저는 위쪽보다는 아래쪽이 더부룩하면서 안 좋은 것 같은데요."

"그렇다면 대장암도 검사를 해봐야겠네요."

"전 병장으로 제대했는데 감히 대장은 꿈도 못 꿉니다. 알고 있는 대장도 없고요. 대장암도 아닐 겁니다."

"그렇다면 소장암일 가능성이 있습니다."

"아무튼 위건 아래건, 대장이건 소장이건 저는 잘 모르니까, 자꾸 암이라고 말하지 않았으면 좋겠습니다."

대변인

강석이가 정치에 뜻을 두고 입문한 지 강산이 두 번쯤 변하자 구린내를 풍기기 시작했다. 그러다가 집권 여당의 대변인이 되었다.

그래서 '2중대'니 '적반하장'이니 '발목잡기'니 '적과의 동침'이니 하는 틀에 박힌 몇 가지 단어들을 조합하여 발표하기에 이르렀다.

금년에도 예산안이 제때에 통과되지 못하자 서로 상대방 탓이라고 설전을 벌였다. 강석이는 대변인으로서 기자회견을 자청해 당론을 발표하게 되었다.

"금년 예산이 제때에 통과되지 못한 것은 야당의 발목잡기와 적반하장식…."

이 대목에서 1분 정도 침묵이 흘렀다.

"잠시 후에 다시 발표하도록 하겠습니다."

"갑자기 무슨 일입니까? 그 사이에 통과되었습니까?"

"아니요. 어제 여야與野가 물밑 접촉을 하면서 엄청 먹어 댔더니 대변이 나오려고 하네요."

"그래도 그렇지. 발표 후에…."

"지금 급하다니까요. 예산안이 문제가 아닙니다. 대변인이 대변을 못 보면 그게 대변인입니까? 옷에 찔끔찔끔 지리는 소변인이 될 순 없잖습니까!!"

골

하릴없는 강석이가 골방에 틀어박혀 '골'에 대한 상념을 토해냈다.

1. 뼈 빠지게 일하다 보니 골골골 흐느적거리며 골다공증이 찾아오더라.

2. 두메산골 깊은 골짜기에 그림 같은 집을 짓고 살다가 산사태 한 방으로 폭 망했다.

3. 멋지게 한 골 넣고 우사인 볼트 세리머니를 했는데 자책골이더라.

4. 내가 어제까진 대한민국 성골인 줄만 알았는데, 오늘 보니 진골도 아닌 흙수저더라.

5. 게으른 농부는 일할 생각은 하지 않고 골(두둑+이랑)만 세며 새참 기다리느라 재만 쳐다보더라.

6. 화가 머리끝까지 차오르더니 골이 쪼개지려 한다.

7. '이 몸이 죽고 죽어 골백번 고쳐 죽어'라고 읊조리기에 불사신인가 했는데, 골이 만(10,000)을 뜻하는 순우리말이란다.

8. 남산골 샌님은 쌀통이 바닥나도 수염만 쓸어내리다가 골골해져 골로 가게 생겼다.

바퀴

정년퇴직을 앞둔 강석이가 주말을 맞이하여 낮잠을 자다가 TV를 켰다. 때마침 가요 프로가 방송 중이었는데, 어떤 가수가 '너는 앞바퀴 나는 뒷바퀴~ 어쩌고저쩌고~'하면서 열창을 한다. 아마 연인이나 부부관계를 묘사한 가요인 것 같다.

하지만, 강석이는 바퀴하면 제일 먼저 생각나는 것이 군대에서 완전군장을 메고 연병장을 서른 바퀴 돌았던 기억이 새록새록하다. 사격 실력이 쌍권총 수준이어서 얼차려를 받았는데 속된 말로 뺑뺑이를 돈 것이다.

그래서 TV 채널을 확 돌리려는 순간에 주방에서 마누라가 경기하듯 소리친다.

"엄마야! 여보, 바퀴벌레 나왔어. 빨리 잡아."

"우린 서로 앞바퀴와 뒷바퀸데 누가 누굴 잡아?"

"지금 농담할 때가 아니란 말야."

"서른 바퀴 전부 돌려면 아직 멀었으니 좀 기다려봐."

"으이그 저 화상! 귀신들은 뭐 하는지 몰라."

"그러게 말야. 저 가수한테 물어봐. 앞바퀴를 잡아야 하는 건지, 아니면 뒷바퀴를 잡아야 하는 건지를 말야."

병원

1

회갑을 앞둔 강석이가 한 달 동안 가슴 통증에 시달리더니 급기야 119 구급차를 타고 응급실로 실려 갔다. 심장 혈관 3곳이 점점 막혀가는 심근경색이란다.

급기야 두 시간에 걸친 시술 끝에 생명을 건질 수 있었다. 시술 후 강석이가 비몽사몽간에 살며시 눈을 뜨자 주치의가 말했다.

"심장 혈관 두 곳에 철심(스텐트)을 박고 한 곳은 풍선으로 확장시켰습니다."

깜짝 놀란 강석이는 따지듯 물었다.

"철심을 박았다면 녹슬어서 피 대신 녹물이 돌아다니지 않겠습니까? 그리고 풍선을 넣으면 내 몸이 하늘로 솟아 공중분해 되지 않나요?"

주치의는 방긋이 웃으며 대답했다.

"철심엔 도색을 해 놨고 풍선은 혈관을 뚫은 뒤 완전 제거했습니다. 안심해도 됩니다."

그제서야 강석이는 안도의 한숨을 내쉬며 대꾸했다.

"심근경색이니까 가벼운 색으로 칠했겠죠? 풍선도 확 터트렸을 것이고…."

2

강석이는 침대에 누운 채 중환자실로 옮겨졌다. 아직 가슴 통증과 호흡이 곤란하지만 어여쁜 백의의 천사들이 마구 돌아다니니 금세 기분이 좋아졌다.

혈압을 재거나 피를 뽑을 땐 부드러운 고사리 같은 손으로 어루만져 주니 공중부양되는 것만 같았다.

그렇게 하루가 지났다. 몸은 조금 좋아진 것 같은데 생리적인 현상이 문제였다. 소변은 커튼치고 작은 통에 보면 되지만, 대변은 그게 아니다.

고민하던 강석이는 가장 예쁜 간호사에게 물었다.

"대변은 어떻게 해요?"

"여긴 화장실이 없습니다. 조그만 플라스틱 변기를 드릴 테니 커튼치고 여기서 보세요."

"뭣이라고? 침대 위에서 보란 말요?"

"죄송하지만, 다른 방법이 없습니다."

"일반 병실에서는요?"

"거긴 화장실 이용이 가능합니다."

"그럼, 당장 일반병실로 옮겨줘요."

"의사 선생님 지시가 있어야 옮길 수 있습니다."

"안중근 의사한테 빨리 물어보든가요."

"예?"

"급하다니까…. 죽어도 여기선 못 보니 화장실로 데려

다 줘~요."

"그냥 죽으세요. 여기서 싸던가요."

"전부 제 정신이 아니군. 대한민국 국회처럼…."

3

어찌 어찌해서 대변 문제를 해결한 강석이는 이틀 후 일반 병실로 옮겼다. 행운의 7층 병실 유리창 쪽에 배정되었다.

저 멀리 1,000m 고지의 높은 산이 보이고 크고 작은 빌딩들이 도토리 키재기하듯 서 있다. 가까이엔 재래시장이 있어 삶의 현장을 직접 확인할 수 있었다.

그렇게 1주일쯤 지나 병세가 호전되자 강석이도 새 희망을 품게 되었다. 24시간 간호하던 마누라가 안심이 되었는지 슬그머니 입을 연다.

"이제 살만하우?"

"새 희망이 보인당께."

"무슨 희망?"

"빨리 치료해서 퇴원하면 맛난 것도 먹고 애인도 만들 수 있잖은가!!"

"뭐라고라…. 쳐먹는 건 알겠는데 뭘 만들어?"

"시방, 내가 뭐라고 씨부렁 댔당가?!"

"아예, 새 장가를 가시구랴."

"아니지. 조강지처를 버리면 쓰것는가."

"그럼, 어쩔 셈인디…."

"당신이 먼저 가면 그때 얻어야재."

"염병할 웬수야! 내가 지금 사라질네니 다섯이고 열이고 만들어서 잘 살아봐~라."

"아니여~, 그냥 내가 먼저 가야 조용하겄구만. 미안혀. 창문 좀 열어줘, 후딱!"

오리(1)

강석이는 늘그막에 대통령이 되는 꿈을 자주 꾼다. 신바람이 난 강석이는 칼자루를 쥐고 이리저리 휘두르며 진두지휘를 하곤 했다. 하지만, 5년이란 세월이 너무 빨리 지나간다. 그래서 절름발이 오리(레임덕) 신세가 되고 말았다.

강석이는 퇴임을 앞둔 어느 주말 오후에 비서실장과 한 잔 걸치며 대화를 나눴다.

"연못에 사는 오리들도 수명이 20년이라는데…."

"4년 중임으로 개편해야 하지 않을까요?"

"글쎄 말이야. 어렸을때 등·하굣길도 오리가 훨씬 넘었는데…"

"왕복 십 리는 되었지요."

"개혁이 혁명보다 어렵다고는 하지만…. 이거 원 임기가 쏜살같이 지나가 버리니 말이야."

"개헌을 해서라도 개혁을 완수해야지요."

"그럴까? 한번 검토해 보게나."

"알겠습니다. 수석 비서관 회의를 소집해서 대책을 의논해 보겠습니다."

"그래. 비서실장만 믿겠네."

여기까지 잠꼬대를 하고 있는데, 마누라가 흔들어 깨

운다.

"여보! 오늘 새벽에도 대통령 병이 도진 거예요?"

"으~음, 이 사람이…. 개혁을 마무리해야 하는데…."

"당신, 증상이 심각해요. 주치의를 불러야겠어요."

"그래? 여기 청와대 맞지?"

"몰라요. 백악관 같기도 하고…."

"그럼, 내가 세계 대통령이 되었단 말이지."

"빨리 꿈 깨고 정신 차려서 식사나 하세요."

"어제 비서실장과 한 잔 했더니 갈증이 나구만."

"냉수 마시고 속 좀 차려요. 오늘은 일자리도 꼭 알아보고…."

"으~음! 청와대로 가야 하는데…. 낙동강 오리알 신세구만."

오리(2)

강석이가 출장을 떠나게 되자, 마누라가 대문 앞까지 배웅을 나왔다.

"문단속 잘하고…. 빨리 다녀오리다."

"겨우 오 리예요? 오십 리가 아니고…."

"그런가! 십 리쯤 될 것 같소."

"이왕이면 왕십리로 가세요."

"알았소. 큰맘 먹고 명사십리로 가리다."

"수만 리도 있고 불원천리도 있어요."

"당신이 고르시구려."

"돈 잘 버는 탐관오리가 좋겠네요."

호구

강석이가 골방에 홀로 틀어박혀 골똘이 생각에 잠겨 있는데 '딩~동' 하고 벨이 울렸다.

"누구세요?"

"호구조사 나왔는데요."

강석이는 귀찮다는 듯이 문을 열면서 재차 질문했다.

"무슨 조사요?"

"호구조사차 왔습니다."

"그래요? 우리 집에 호구는 안 사는데요."

"예? 살고 있는 식구가 몇 명인지 파악하러 왔는데요."

"아~ 글쎄. 호구는 없다니까요."

"……?"

"그냥 가시고 다음에 오세요."

내쫓다시피 하며 문을 닫은 강석이는 혼잣말로 중얼거렸다.

"누굴 호구로 아나. 호구조사는 무슨 얼어죽을…."

횡설수설

강석이가 어느 날, 술독에서 겨우 빠져 나오는가 싶더니 동네 파출소에 들어가 경찰과 실랑이를 한다.

"경찰 양반! 술 한 잔 더 하입시다. 꺼~억!"

"어디서 웬 술을 이렇게 마셨습니까?"

"오른손으로 술술 마셨으니 오른술이지."

"이제 집으로 들어가 쉬세요."

"쉬라고? 내가 음식이냐! 쉬면 버려야 되잖아."

"그럼 쉬지 말고 일하세요."

"무슨 일~. 굴 파는 일?"

"굴 파기 힘드시면 굴 따기만 하시죠."

"호미나 갈구리가 있어야 파든지 따든지 하지."

"횡설수설 그만하시고 제발 가세요. 일 좀 합시다."

"나더러 옆으로 설설 기고 수직으로도 설설 기란 말야? 설 되려면 아직 멀었구만."

"이제 다 깨셨죠? 기지 말고 서서 가세요."

역사 기행

가족끼리만 조촐한 회갑연을 지낸 강석이는 술이 얼큰하게 취하자 골방에 홀로 틀어박혀 지구본을 돌리며 상상의 나래를 펼치기 시작했다.

'그래, 내가 정유년에 태어나서 한 싸이클을 돌았는데 그 기념으로 지구도 한 바퀴 둘러보자.'고 마음먹은 뒤 역사의 수레바퀴를 수천 년 전으로 되돌렸다.

1

태초에 하늘이 처음 열리고 첫닭 울음소리가 새벽을 알렸다. 하늘의 신 환인은 아들인 환웅이 지상 세계로 내려가기를 간절히 원하자, 그리하라고 허락했다.

환웅은 무리 3천을 이끌고 낙하산을 펼친 뒤 백두산 꼭대기인 신단수에 무사히 착륙하였다. 그리고 쑥과 마늘을 먹고 인간으로 변신한 웅녀와 화려한 결혼식을 올린 뒤 단군왕검을 낳았다. 단군은 종교적 지도자요, 왕검은 정치적 지배자를 뜻한다.

단군은 아버지의 뜻에 따라 '홍익인간'을 국정 최고의 이념으로 삼고 최초의 국가인 고조선을 건국하였다. 이때가 BC 2333년이니 지금으로부터 4300여 년 전이다.

그 후 고조선은 2천여 년간 지속되다가 한나라에게 멸망당하고 말았다. 하지만, 고조선은 우리 역사상 최장수 국가였고, 1500년 후에 다시 '조선'으로 부활하여 500여 년간 후반기 명맥을 유지하였다.

여기까지 생각에 잠긴 강석이는 안타까운 생각이 들었다. 환웅 할아버지께서 단군을 낳기 전에 곰 같은 여자와 결혼할 것이 아니라 호랑이 같은 여자와 결혼했더라면 망하기는커녕 천하를 호령하며, 중국 대륙과 일본까지 지배하지 않았을까?

2

고조선이 한나라에게 멸망당한 뒤 반세기가 지나자 국가 재건 부흥 운동이 일어났다. 그래서 고주몽이 압록강 지류인 동가강 졸본지방에 국가를 건설했으니 바로 고구려다.

이 고구려는 기동력이 뛰어난 말을 타고 다니면서 영토를 확장시켜 나갔고 한나라가 설치한 한사군(낙랑·임둔·대방·현도)을 차근차근 무너뜨렸다. 그래서 고조선의 옛 땅을 수복하여 완전한 독립국가의 위용을 과시했다. 이를테면 '못 먹어도 고~구려!'로 밀어붙였던 것이다.

하지만, 당나라를 끌어들인 신라에게 멸망당해 700여 년의 화려한 역사는 종말을 고하고 말았다.

고구려의 시조인 주몽(동명성왕)과 졸본 왕녀 사이에서 태어난 온조는, 주몽의 원자인 유리가 태자로 책봉되자, 형 비류와 함께 남하해 위례성(한강 일대)에서 백제를 건국하였다.

백제는 680년 동안 한성 · 웅진 · 사비(부여) 등지로 도읍을 옮겨 다녔다. 그러면서 국가의 틀을 다지며 번창해 나갔다.

한때 한강 이북 지역까지 영토를 확장하였으나, 나당 연합군의 양면 전술에 휘말려 고구려와 같은 운명에 처하고 말았다.

마지막 황산벌(논산 일대) 전투에서 계백 장군이 병력 5천으로 5만과 대적하였으나 중과부적으로 힘겹게 싸우다가 전사하고 말았다.

아마도 당시 그의 심정은 '고구려는 못 먹어도 고~구려!'였다면, '백제는 차라리 배째라~배째!'였는지도 모른다.

신라는 삼국 가운데에 가장 먼저 나라를 건국했다. (BC 57) 신라의 시조인 박혁거세는 알에서 태어나 여섯 촌장의 추대를 받아 서라벌이라는 나라를 세웠다. 그러니까, 고구려와 백제는 한 집안 핏줄이라면 신라는 피가 전혀 섞이지 않은 독자적인 국가인 셈이다.

신라는 태백산맥에 가로막혀 발전이 더디고 왜구의 잦은 침략을 받아 가장 낙후된 국가였다. 그러다가 지증왕과 법흥왕을 거치며 발전하기 시작했고 급기야 당나라와 연합하여 삼국을 통일했다.

그로부터 250년 후 고려에 흡수 통일되었는데, 건국으로부터 계산하면 천년 가까이 명맥을 유지한 셈이다. 또한 화랑이나 화백 등의 독특한 제도로 번창하기도 했다.

신라는 유일하게 여왕이 존재했다. 그것도 3명이나 있었지만(진덕·선덕·진성) 국정 수행 능력은 뛰어나지 못했다. 아니, 거의 말아먹는 수준이었다.

'여자가 한을 품으면 오뉴월에도 서리가 내린다.'고 했는데 맺힌 한이 많아서일까?

'신라에서 만든 신나 가져온나. 신나게 확 싸질러 뿌자.'인지도 모른다.

어디까지나 강석이의 독자적인 생각이다.

3

강석이는 삼국시대를 뒤로한 채 지구본을 동쪽으로 돌렸다. 그랬더니 광활한 중국 대륙이 나타난다. 대한민국보다 무려 100배 정도의 땅덩어리인 중국은 군웅할거와 춘추전국이 횡행하였다.

그중에서도 해하의 전투(BC 202)가 제일 먼저 떠오른다. 해하는 지금의 텐진시 부근으로 길이 70km 정도의 짧은 강이다. 이 강 하류에서 유방과 항우의 피할 수 없는 일전이 벌어진다.

유방은 한나라의 초대 왕이고, 항우는 초나라의 왕이다. 전투가 벌어질 당시 유방은 55세의 노장이었고, 항우는 약관 31세의 피 끓는 청춘이었다.

이 전투에서 항우가 이끄는 초나라 군사 8만 명이 참수당했다. 전멸을 넘어 궤멸 수준이다. 나머지 병사들도 한나라 군악대들이 동원되어 초나라 민요를 불러대자 향수에 젖어 뿔뿔이 흩어지고 있었다.

해하에서의 마지막 전투가 벌이지기 직전에 유방과 항우가 절벽 모퉁이에서 조우했다. 항우는 이미 사면초가에 몰린 상황이었다. 잠시 항우를 쳐다보던 한나라 유방이 입을 열었다.

"항우야! 이쯤에서 그만 항복하는 것이 어떠냐. 목숨만은 살려주마."

"능구렁이 같은 영감탱이 유방! 내가 네게 베푼 일들이 한두 가지가 아닌데…. 죽으면 죽었지 그렇게는 못한다."

"너의 사랑하는 애첩 우미인도 있는데, 어찌하려고 그

러느냐?"

"너에게 수모를 당하기 전에 내가 먼저 쳐 죽일 것이니라."

"그래도 아직 팔팔한 나이인데 아깝지 않느냐!"

"그래서 비아그라 후속 제품인 '팔팔'로 쓰겠다는 것이냐?"

"유방과 팔팔, 잘 어울리지 않겠느냐!"

"내가 그 꼴은 못 본다. 유방의 유방과 우미인의 유방을 동시에 치고 말테다."

"웬만하면 백기 투항했으면 좋겠다. 열을 세마."

"일곱까지 세면 획기적인 변화가 있을 것이다."

유방이 다섯을 세자, 항우는 애첩 우미인을 단칼에 쳐서 죽이고 말았다. 그리고 일곱을 세자 항우 스스로 목을 찌르고야 말았다. 그 후 유방은 천하를 통일하여 한나라를 건국 한 뒤 7년간 통치하다가 62세의 일기로 사망하였다.

강석이는 유방을 생각하며 궁시렁궁시렁 중얼댔다.

'유방이 암에도 안 걸리고 천하를 거머쥐며 회갑까지 지냈으니 유방인지 무방인지 도대체 헷갈리구나.'

4

유방을 생각하며 조금 발기가 된 강석이는 아쉬움을

뒤로한 채 다시 지구본을 돌려본다. 그랬더니 아프리카 북단의 이집트가 나타나고 세계 랭킹 2위인 나일강이 아름다운 자태를 뽐내고 있다.

이곳 이집트는 왕의 무덤인 피라미드와 사람 머리와 사자의 동체를 지닌 괴물인 스핑크스로 유명하다. 하지만, 그런데는 별 관심이 없고 자꾸만 클레오파트라가 떠오른다.

클레오파트라는 프톨레이마이오스 왕조(BC 305~BC 30)의 마지막 여왕이다. 아버지가 죽자 왕위를 물려받고 18살 때 10살인 남동생과 결혼한다. 영계가 햇병아리를 데리고 사는 셈이다.

처음엔 클레오파트라가 전권을 행사했는데 몇 년 지나자 남편 측근들의 세력이 커지면서 브레이크를 건다. 권력 암투가 벌어진 것이다.

또한 로마의 카이자르가 정적인 폼페이우스를 이집트가 죽게 했다며 프톨레이마이오스 왕가를 공격하려 하자, 클레오파트라는 내우외환에 시달리며 고민하다가 결론을 내렸다.

케이자르가 이집트 땅에 상륙하여 공격 준비를 하고 있을 때였다. 클레오파트라는 급히 비서실장을 불렀다.

"내가 친히 부탁할 게 있소."

"무엇이옵나이까, 폐하!"

"나를 카이자르에게 택배로 보내시오. 빠른 우편으로

말이요."

"그게 무슨 말씀이시옵니까, 폐하!"

"그 길만이 우리 왕조를 살리는 길인 것 같습니다."

"폐하의 뜻을 받들어 뫼시겠나이다."

그래서 클레오파트라는 실오라기 하나 걸치지 않은 나체로 더블 침대용 시트에 둘둘 말려 특별 사절단에 의해 카이자르 진영으로 보내졌다.

군침을 꿀꺽꿀꺽 삼키던 카이자르는 '어젯밤 용꿈을 꾸었는데, 이런 횡재가….'라고 생각한 뒤 즉시 검정 팬티를 벗어 내렸다. 이때가 카이자르 나이 52세였고 클레오파트라는 방년 21세의 토실토실한 영계였다.

그리하여 들판에서의 싸움 대신 2인용 침대에서의 레슬링으로 대체 되었다. 그리고 둘 사이에 아들을 생산하기에 이르렀다.

하지만, 어디까지나 정부였다. 로마에 살면서 양국의 지배를 꿈꾸던 클레오파트라의 거대한 포부는 일장춘몽이었던가. 카이자르가 암살 당하자 신변의 위협을 느낀 클레오파트라는 아들을 데리고 급히 이집트로 귀국했다.

카이자르가 죽자, 한때 안토니우스가 대권을 거머쥐었다. 클레오파트라는 안토니우스를 이집트로 초청하여 안방 침실로 정중히 모셨다. 그리고 지족선사를 파계시켜버린 황진이처럼 유혹의 손길을 내밀었다. 처음엔 완강히 거부하던 안토니우스도 내시가 아니라는 것을 증명하듯 허리띠를 풀어내리고야 말았다. 그 후 찰떡 궁합에 반했는지 로마에 살고 있는 본처와 자식들을 버리고 클레오파트라와 정식으로 웨딩마치까지 울렸다.

하지만, 호사다마라고 했던가. 카이자르가 죽은 후 유언장에는 18세의 젊은 옥타비아누스가 후계자로 씌여 있었다. 그래서 두 사람 사이는 점점 벌어져 정적 관계가 되었고 악티움 해전(BC 31)에서 안토니우스가 대패한 뒤 겨우 빠져나와 클레오파트라 가슴에 얼굴을 묻고 죽었다.

클레오파트라 역시 시름에 빠져 우울증을 앓다가 몇 달 후 아름다운 원피스와 루비와 사파이어로 치장한 화려한 옷차림으로 누워 스스로 독사에게 물려 죽고 만다. 독이 온 몸에 퍼져 가물가물 해지자, 이런 생각을 하지 않았을까?

'내가 왕족으로 태어나 40년 동안 세 남자와 살아봤으니 여한이 없다. 단지 후손들이 걱정될 뿐이다. 이제 독사와 결혼하여 로마와 정적들에게 독기를 뿜어댈 것이다.' 그 후 이집트는 로마의 속주로 전락하여 고통의 나날을 보냈다고 전해진다.

5

후고구려의 충신이었던 왕건이 후삼국을 통일한 후

고려를 건국(918) 하였다. 그리고 불교를 앞세워 결혼 정책과 사심관제도 등으로 통합 정치를 하며 기틀을 다져나갔다.

그렇게 시작된 고려는 안정적으로 200년이 흘러갔다. 그리고 권력을 둘러싼 갈등이 표출되었다. 인종의 장인이자 최고 권력자인 이자겸과 서경(평양) 천도론을 주장한 승려 묘청이 난을 일으켰다.

이때 유학자 겸 정치가였던 김부식이 양대 난을 진압하자, 당대의 아이콘으로 떠올랐다. 그리고 정년퇴직 후 인종의 명을 받아 고구려 · 백제 · 신라의 정사인 「삼국사기」(1145)를 저술했다. 여러 명의 집필진과 더불어 꼼꼼하게 썼는데, 모두 50권에 이른다.

그로부터 150년쯤 후인 1281년, 충렬왕 때의 스님인 일연이 「삼국유사」를 편찬했다. 모두 다섯 권으로 쓰여진 삼국유사는 단군신화나 신라의 향가 등이 실려 있는데 야사의 성격이 짙다. 일연 스님 혼자서 고민하면서 쓴 것이다.

그 후 700여 년이 지나 새 천년이 밝자, 김부식과 일연이 청와대에 초청받았다. 그리고 막걸리와 소주 파티를 열었고, 마지막으로 샴페인을 터뜨릴 시간이 되었다.

그때 일연을 못마땅하게 생각한 김부식이 슬쩍 시비를 걸었다.

"일연! 자네가 내 삼국사기를 모방해서 유사를 썼는

가?"

"부식이 형님! 그게 무슨 말씀이세요?"

"난 정성들여 50권이나 썼는데, 자넨 혼자 일년 동안 대충 다섯권으로 줄였다며…."

"형님도 참 딱하시우. 삼국에 대해 사기를 쳐 놓으니까, 내가 바로 잡아서 쓴 것 아니것수."

"그래서 짝퉁 유사품을 만들었다. 그 말인가?"

"세상사가 다 그런 거지. 사기나 유사나 오십보백보구만…."

"자네가 정히 이렇게 나온다면 법정으로 갈 수밖에 없네."

"법정은 내가 아끼는 후밴데 가서 어쩐단 말이요? 나 원 참!"

그 후로 20여 년간 김부식과 일연은 단 한 차례도 조우한 적이 없다. 아마도 역사의 종말을 고하는 그날까지 서로 등지고 살아갈지도 모른다.

6

미끄러지듯 돌아가는 지구본을 무심코 바라보던 강석이는 지중해 끝자락인 이스라엘에서 잠시 멈췄다. 사연이 많은 나라여서 그랬을까? 여기서 한 박자 쉬고 속내를 짚어보기로 했다.

지구상에 있는 200여 국가 중에 이스라엘만큼 사정이 많고 복잡한 나라는 없을 것이다. 이스라엘의 고대 지명은 '가나안'이었다.

BC 7천 년 경에 농경을 시작했는데, 그 후 BC 13세기까지 이집트의 통치를 받았다.

그러던 중 BC 15세기 경에 모세가 한 무리를 이끌고 이집트를 탈출하여 가나안 땅으로 이주하는데 성공했다. 그래서 이스라엘 왕국을 세웠고 BC 10세기 경의 다윗왕 때에는 강대국이 되었다. 그러나 솔로몬왕이 죽은 뒤 왕위 다툼으로 북 이스라엘과 남 유다로 나뉘게 된다.

국가가 양분되니 국력이 쇠퇴해질 수밖에 없질 않겠는가!

북 이스라엘은 BC 722년 아시리아에 의해 사라지고 남 유다는 BC 586년 바빌로니아 왕국에 의해 멸망하고야 만다.

이때 바빌로니아 왕국은 남 유다의 백성들을 본국으로 끌고가 노예로 삼았는데, 그로부터 히브리족을 유다 사람들이라는 뜻의 유대인이라 부르게 된다.

유대인은 BC 538년 바빌로니아 왕국을 정복한 페르시아의 칙령에 따라 이스라엘 지역으로 돌아온다. 이후 이스라엘 지역은 페르시아의 지배를 받다가 알렉산더 제국의 지배를 받았다.

그리고 BC 129년에는 유대 국가인 하스모니아 왕조가 세워져 솔로몬 시대에 버금가는 번영을 누리기도 했다. 그러다가 BC 63년에 로마의 한 주로 편입되어 이스라엘 민족은 나라를 잃고 세계 각지로 흩어져 살게 되었다. 전쟁터에선 '뭉치면 죽고 흩어져야 산다.'고 했는데 각자 살기 위해서였을까?

이 시대에 베들레헴에서 예수가 탄생하였고 그를 메시아로 믿고 따르는 초기 기독교가 탄생하였다. 유대인들은 그들의 관습과 종교를 로마가 인정하지 않자 여러 차례 반란을 일으켰다. 이에 로마는 괘씸죄를 적용해 132년 경에 진압한 후 이스라엘 땅의 이름을 팔레스타인으로 바꾸고 유대인들을 추방하기에 이른다.

395년에 로마제국이 동서로 나뉘면서 팔레스타인 지역을 지배하게 된 동로마제국은 기독교를 공인하여 기독교 성지에 많은 교회와 수도원을 세웠다.

7세기 경에는 이슬람교 세력이 이 지역을 점령하였고, 그 뒤로 약 400년 동안 아랍 왕조의 지배가 이어졌다.

그 후 많은 이슬람교 사원이 세워지며, 예루살렘은 메카와 메디나에 버금가는 이슬람교 성지가 되었다. 이에 교황 우르마누스 2세가 발끈하였다. 성지 팔레스타인과 성도 예루살렘을 이슬람교도의 손으로부터 해방시켜야 한다는 것이다.

그래서 십자군 전쟁(1096~1270)이 200년 동안 8

차례 전개되었으나 번번이 실패하고 말았다. 그리고 이집트 맘루크 왕조가 200여 년 동안 지배(1291~1517)했고, 뒤이어 오스만 제국이 1차 세계대전까지 400년 동안 점령했다.

전쟁이 종결된 후 오스만 제국은 해체되었고 승전국인 영국이 30년 동안 지배했다. 그리고 이스라엘이 탄생했다(1948.5).

그러니까 5천 년 이상 외국의 식민지였고 2천 년 동안 나라 잃은 설움을 가슴에 품은 채 지구촌을 떠돌다가 극적으로 나라를 되찾은 셈이다.

아마도 이스라엘 민족은 건국 후 또다시 나라를 빼앗길 수 없다는 각오로 철저한 민족주의 정신을 구현해 나가고 있을 것이다. 국가 수립 후 아랍 국가들과의 네 차례 중동전쟁(1948·1956·1967·1973)을 모두 승리로 이끈 것이 이를 증명하고 있다.

지금도 이스라엘은 주변 아랍국들에게 둘러싸여 항상 긴장 속에서 살아간다.

'이스라엘'이란 뜻 자체가 '하느님이 지배하신다.'라고 하니, 그렇게 굳게 믿고 있을지도 모른다. 강석이는 그 점이 몹시 궁금하여 하느님께 면담을 요청했다.

"하느님이시여! 귀하께선 이스라엘만 지배하시나요?"

"그건 왜 물어?"

"긴가민가해서 그렇죠!"

"지구의 절반 이상은 내가 지배하지."

"나머지 절반은요?"

"알라, 부처 등이 지배하나? 잘 모르겠는데…."

"전지전능하신 게 아니구만요."

"누가 그래?"

"광고 문구에 그렇게 씌여 있던데요."

"과대광고로 징계위에 회부해야 되겠구만."

"우리 동네 교회에서도 그래요."

"알았구만. 내가 전수조사해서 교통정리할 테니 너무 걱정 마셔."

"제발 그렇게 좀 해주시구랴. 아~멘!!"

7

고려 건국 후 중앙선쯤 지나면서 왕권이 약해지자 무인들이 득세하기 시작했다. 나라를 지킬 생각은 않고 권력만 탐한 것이다.

그러다가 100년 가까이 몽골(원)의 식민지 비슷한 국가로 전락하더니 500년을 채우지 못한 채 종말을 고했다.

그리고 이성계를 비롯한 신군부의 쿠데타로 조선이 태어났다. 4.19와 5.16이 생각나는 대목이다.

조선의 건국(1392)은 불교를 버리고 유교정치를 채

택했는데 정도전이 핵심 참모였다. 이성계가 조선을 건국하기 위해 칼을 뽑아들고 앞장섰다면, 정도전은 조선이란 지도를 설계하고 기초를 다진 창업자였다.

통치 규범인 경국대전을 만들고 경복궁과 한양을 건설했다. 하지만, 사병혁파와 세자책봉 문제로 이성계의 다섯째 아들인 방원(태종)과의 갈등이 고조되었고 1차 왕자의 난 때 살해되고 말았다.

비운의 그날 밤, 종로에 있는 경복궁 어느 담벼락 아래에서 이방원과 정도전이 비장한 각오로 대치했다.

"당신이 배 다른 내 형제이자, 아직 걸음마 단계인 어린 방석을 세자로 적극 민다고?"

"나의 소신에는 변함이 없다. 어서 쳐라."

"그리고 사병혁파 운운하며 내 수족을 잘라 놓겠다는 거냐?"

"그 또한 당연하다고 본다. 네가 감히 내게 도전한단 말이냐?"

"도전은 당신 이름 아닌가, 당신이 먼저 내게 도전한 거잖아!"

"말이 많구나. 도전 정신으로 똘똘 뭉친 정도전은 최후의 명장면에 도전한다."

"잘 가시오. 다음 생에 만나거든 다시 도전하시구려."

그래서 조선 개국의 일등공신인 정도전의 운명은 56세를 일기로 종지부를 찍고 말았다.

조선을 개국한지 200년이 지났다. 그 동안 세종이나 성종 같은 성군도 있었지만 역모와 쿠데타로 정권을 찬탈하는 등 국가 기강이 해이해져 국운이 점점 기울어져 가고 있었다.

특히, 임진왜란(1592)이 일어나기 전엔 사색당파(동·서·남·북인) 싸움으로 국가 누란의 위기에 처하게 되었다. 조선은 무사안일에 빠져 권력 놀음에 혈안이었다.

그 틈을 이용하여 대륙 진출을 노리는 왜구들이 조선을 침략해왔다. 때는 진달래와 목련이 흐드러지게 만발한 4월 중순이었다. 삼천리 금수강산은 짓밟히기 시작했고, 임금(선조)은 서북쪽 의주로 도주하기에 바빴으며 고위 공직자들은 왜구들에게 머리 조아리기를 밥먹듯 했다.

가엾은 백성들은 목련꽃 떨어지듯 목이 달아났고 부녀자들은 성 노리개로 전락했다. 단지 바다에서만 이순신 장군이 연전연승을 거두며 세계 해전사의 탑 클라스 반열에 올라 있었다.

임진왜란 후 반세기가 채 지나지 않아 두 차례의 호란이 일어났다. 청나라의 전신인 후금이 침공해 온 것이다. 힘없고 무능한 바지 사장 같은 인조는 삼전도(한강)에 출두하여 청 태종에게 세 번 절하고 아홉 번 머리를 조아리는 '삼배구고두'의 예를 올리며 최대의 수모를 감수해야만 했다.

그래도 정신 못 차린 조선 왕조는 당쟁만을 일삼으며 1세기 동안 허송세월을 보냈다. 18세기에 들어와서야 영조가 반세기 동안 탕평책을 펴는 등 국가 기강을 확립했고, 정조가 바통을 이어받아 태평성대를 이루는 듯했다.

하지만, 19세기의 문턱을 넘자마자 안동 김씨의 세도정치가 60년간 지속되어 다시 악의 구렁텅이로 빠졌고 대원군과 민비의 권력 다툼으로 또다시 침몰 직전의 상황에 몰렸다.

결국 양반 타령과 권력 싸움에 몰두하던 조선은 국제정세를 파악하기는커녕 내부 결속도 다지지 못한 채 20세기 개막과 더불어 일제 식민지로 전락하는 비운을 맞이하고야 말았다.

한일합병(1910)이 있는 날, 국가 최고 지도자인 고종은 일제 침략자들과 옥새를 놓고 티격태격하였다.

"내 눈에 흙이 들어가도 이 합병 문서에 도장을 못 찍는다."

"정히 그러시면 유사 도장을 만들어서 찍지요, 전하!"

"한 가지 약조를 하면 불가능을 가능으로 바꿀 수는

있다."

"그것이 무엇이옵니까?"

"내 처자식의 안전과 조선 왕조를 계속 유지하는 것이다."

"지당하신 말씀입니다요. 우리가 알아서 잘 모시겠나이다."

"이행 각서와 영수증을 써다오."

"염려 마십시오. 전하! 이제 우리 천황국과 조선은 형제국이지 않습니까요."

그리하여 조선은 27대왕 519년을 일기로 대단원의 막을 내리고야 말았다.

8

강석이는 조선시대를 씁쓸하게 되짚다가 태평양을 건너기 시작했다. 북태평양 한복판 하와이에 있는 와이키키 해변의 절경을 바라보다가 미국 본토에 상륙했다.

오늘날 세계 패권국으로 군림하고 있는 미국의 역사는 매우 짧다. 고작 400년에 불과해서 인류의 역사와 비교하면 1m 정도나 될까?

미국 본토에는 토착민들이 2만 년 전부터 살고 있었다. 이들은 아시아에서 베링해협을 거쳐 북아메리카에

도착했다. 동물을 따라 사냥하기 위해서다. 그러다가 콜럼버스가 1492년에 이 대륙을 발견했는데 인도로 착각했고, 미국 원주민들을 '인디언'이라고 불렀다.

그로부터 100여 년 후인 1620년에 영국인 청교도들이 메이플라워호를 타고 미국으로 이주해서 살기 시작했다. 처음엔 13개 자치주가 형성되어 영국의 식민지배를 받았다. 하지만, 과도한 세금으로 인해 독립전쟁이 일어났다. 그리하여 1776년에 독립선언을 하면서 아메리카 합중국이 탄생하게 되었다.

독립 선언 후 빠르게 발전하던 미국은 노예제도를 둘러싸고 남북전쟁(1861~1865)이 발발했는데, 링컨 대통령이 이끈 북군이 승리하여 노예제도가 폐지되었다.

남북전쟁이 끝난 직후 미국은 알래스카를 러시아로부터 사들였다. 남한의 15배인 150만㎢의 광활한 땅을 단돈 720만 달러(90억 원)로 구입한 것이다. 그런데 헐값에 산 이 땅에는 어마어마한 지하자원이 매장되어 있다.

점점 국력이 신장되던 미국은 20세기에 들어서자 세계 패권국으로 군림하기 시작했다. 1차 세계대전 (1914~1918) 때에는 고립주의를 외치며 중립국을 지키다가 참전하여 승리했고, 2차 세계대전(1939~1945) 역시 일본의 진주만 기습(1941.12.7)을 계기로 참전하여 승전국이 되었다.

그 후 공산주의와 자본주의의 냉전 체제가 구축되어 힘겨루기를 하다가 구소련이 해체(1991)되면서 독보적인 존재감을 드러낸 것이다.

요즘엔 중국과의 무역 마찰과 갈등으로 인해 줄다리기를 하고 있다. 또한 방위비 분담금의 대폭적인 증액 문제로 대한민국과도 신경전을 벌이고 있다.

강석이는 이 대목에서 패권국과 맞서기 위해 협상단 테이블에 슬그머니 앉았다. 먼저 미국 대표가 어깨를 들썩이며 말했다.

"우린 6.25 때부터 계산하면 70년 동안 혈맹이요."

"그건 맞지 말입니다. 그런데요?"

"공동 방위를 위해 분담금을 많이 내셔야겠습니다."

"얼마나 내야 한단 말입니까!"

"지난해의 10배입니다. 귀국은 부자나라 아닙니까?"

"그래서 대폭 바가지를 씌우겠단 말입니까? 피서철도 아니고…. 그렇게는 못하지 말입니다."

"지금, 세계 패권국에게 반항하는 겁니까?"

"미군이 주둔해서 환경오염시킨 정화 비용과 기지 이전 비용만 하더라도 엄청나지 말입니다."

"그건 귀국 사정이니 알 바 아니요."

"그렇다면 우리도 알바 아니니 맘대로 하지 말입니다. 철수해도 좋지 말입니다."

"지금 제 정신으로 말하는 겁니까?"

"초롱초롱하지 말입니다. 다시 말하지만 대한민국은 미국의 51번째 주가 아니지 말입니다."

협상은 결렬되었고, 미국 협상단은 빈손으로 돌아갔다. 강석이는 이런 와중에도 아전인수격인 밥그릇 싸움만 하기에 바쁜 국내 정치판의 한심한 작태를 떠올리며 또다시 대포잔을 들고 말았다.

9

강석이는 지구본을 물끄러미 쳐다보았다. 그리고 생각했다. 우주에 떠 있는 별들이 2000억 개가 넘는다고 하는데, 그중 하나인 작은 지구에서도 이렇게 많은 나라들이 아옹다옹하면서 살고 있다는 사실이 새삼스럽게 느껴졌다.

다시 지구본을 돌리니 대서양을 지나 유럽 대륙이 나타난다. 도버 해협을 막 지나 프랑스 상공을 경유하려 하자 나폴레옹이 불쑥 악수를 청한다.

강석이는 '내 인생의 영광'이라며 덥석 손을 잡았는데 나폴레옹이 와인이나 한 잔 하자며 손을 잡아끈다.

나폴레옹(1769~1821)의 본명은 나폴레옹 보나파르트인데, 프랑스식 발음으로는 나폴레오네 부오나 파르테다. 길고 어렵다.

그는 지중해의 코르시카 섬에서 태어났는데, 10살 때 아버지를 따라 프랑스로 건너갔다. 16살 때 파리육군사관학교에 입학하여 포병 소위로 임관했다. 그리고 10년 후 사교계의 꽃으로 불리던 조세핀과 결혼했고 직후에 이탈리아 원정군 사령관이 되었다.

여기서 오트리아군을 물리치고 밀라노에 입성한 뒤 이탈리아를 평정했다. 2년 후엔 이집트 원정길에 올라 카이로에 입성했다.

유럽을 평정하고 싶은 나폴레옹의 야망은 여기서 끝나지 않았다. 아니, 지금부터 시작이었다. 거대한 꿈을 이루기 위한 그의 집념은 31세라는 피끓는 나이에 쿠데타를 일으켜 제1통령이 된 후 군사독재를 시작한 것이다.

5년 후엔 인민투표를 통해 황제에 즉위하여 제1제정을 펼쳤다. 그러나 즉위 1년 후인 1805년에 트라팔가 해전에서 영국에게 참패 당했다.

반면에 육군은 오스트리아·러시아군을 꺾고 전 유럽을 제압하는 기세를 올렸다.

달도 차면 기우는 게 세상사일까? 1812년의 러시아 원정에 실패하고 2년 후엔 영국·러시아·프러시아·오스트리아군에게 파리를 점령 당하는 비운을 맞이했다.

그래서 나폴레옹은 지중해의 엘바섬으로 유배당하고야 말았다. 하지만, 불굴의 의지로 다음해에 파리로 입성하여 황제 자리에 다시 앉았으나 3개월 만에 워털루 전투에서 영국을 비롯한 연합군에게 처참하게 박살나고야 말았다.

권좌에서 내려온 나폴레옹은 남대서양의 외딴 섬인 세인트 헬레나행 티켓을 끊고 쓸쓸히 발길을 돌려야만 했다. 그리고 파도와 갈매기를 벗 삼아 6년 동안 유유자적하다가 위암이 심해져 53세를 일기로 생을 마감했다.

나폴레옹은 짧은 생을 살았으면서도 많은 명언들을 남겼다. 알프스 산을 넘으면서 '내 사전에 불가능이란 없다.'고 했다거나 '약속을 지키는 최선의 방법은 약속을 하지 않는 것이다.'고 말하기도 했다.

가장 피부에 와 닿는 그의 말이 있다. 키가 작은 나폴레옹은 키 큰 사람들과의 대화에서 '내 키는 땅에서 재면 가장 작지만 하늘에서 재면 가장 크다.'고 했단다.

자신의 키가 '짜리 몽땅'이라고 생각한 강석이는 나폴레옹이 말한 이 명언을 대입하며 동일시해 본다. 비록 나폴레옹처럼 영웅 소리는 듣지 못할망정 말이다.

'아~듀! 나폴레옹!!!'

10

이제 새천년이 밝은 지도 강산이 두 번 변했다. 강석이는 지난 세기를 나홀로 거닐다가 화제의 인물인 히틀러를 만났다. 2차 세계대전의 최대 전범자이자 영웅 소리를 듣는 남자다.

아돌프 히틀러(1889~1945)는 독일 국경 부근에 있는 오스트리아의 작은 마을 브라우나우에서 세관원의 아들로 태어났다. 그의 아버지는 엄격했지만 히틀러가 13살 때 사망했고, 18살 때 어머니마저 잃었다.

히틀러는 물려받은 유산과 그림엽서 등을 팔면서 생활했고 도서관을 다니며 독학으로 지식을 습득했다고 전해진다. 이때 인종 이론이나 반유태주의를 익혔고 나름대로의 정치사상이 형성되었다.

청년이 된 히틀러는 독일 민족 지상주의자가 되어 유태인과 슬라브족을 증오하였고 신체검사에서 불합격해 병역이 면제되었다. 하지만, 1차 세계대전이 발발하자 지원 입대하여 무공을 세워 1급 철십자상을 받았다.

전쟁이 끝난 후 그는 독일 노동자당(나치스)이라는 반유태주의적인 정당에 가입하였다. 그는 웅변에 능했고 그 힘으로 선전 활동을 전개하여 당세를 확장하더니 입당 2년 만에 독재적 지위를 가진 당수가 되었다. 이때 나이가 33살이다.

당수가 된지 2년 후에 뮌헨에서 폭동을 일으켰으나 체포되어 감옥살이를 했는데, 거기서 「나의 투쟁」을 집필하였다.

출감 후 총선에서 선전하여 제2당이 되었고 힌덴부르크 대통령 때 수상으로 임명되었다. 그리고 1년 후에 대통령이 사망하자 총통 및 수상이 되었다.

이때가 마흔 다섯 살이었으니 40대 기수론을 부르짖을 만했다. 그러나 히틀러의 야망은 이제 시작에 불과했다.

히틀러는 집권 후 경제 재건과 번영, 군비 확장으로 유럽 최강국으로 발전시켜 국민들의 열광적인 지지를 받게 되었다. 이제 히틀러는 독일 민족에 의한 유럽 제패와 대생존권大生存圈 확립을 위해 2차 세계대전을 일으켰다. 집권 5년 차였다.

초기에 폴란드와 프랑스가 추풍낙엽처럼 힘없이 독일 수중에 들어왔다. 그리고 유태인 600만 명을 학살했다. 미혼인 히틀러는 오직 국가와 결혼했기 때문에 무차별적인 유태인 말살 정책을 추진했는지도 모른다.

그러나 영국과 미국 주도의 연합군에게 패하고 소련에게 스탈린그라드에서의 참패 이후 독일의 전세는 급격하게 기울어져 패색이 짙어졌다.

이후 서부와 남부 전선에서 연합군이 베를린 인근까지 공격해 오고, 동쪽에서는 소련군이 베를린 외곽까지 진격해 오자 사면초가에 몰렸다. 결국 히틀러는 베를린의 지하 벙커에서 자살하고 말았다.

히틀러는 자살하기 전, 측근들의 피신 권유를 거절했다. 그리고 소련군이 벙커를 향해 포위망을 좁혀 오자 해군 사령관인 되니츠 제독을 자신의 후계자이자 차기 총통으로 임명한다고 구술한 뒤 그의 정부인 에바 브라운과 촛불 결혼식을 올렸다.

이튿날, 그의 부관은 총통이 아끼던 개를 안락사시켰다. 그리고 영양사와 비서들과 함께 최후의 오찬을 한 뒤 두 사람은 응접실로 들어가 이별의 마지막 키스를 나누었다. 그런 다음, 한참 동안 서로를 물끄러미 쳐다보았다. 마음의 정리를 한 히틀러는 에바 브라운을 살포시 감싸안으며 중얼거렸다.

"에바! 이제 떠나야 할 때가 온 것 같소."

"당신과 함께라면 지옥이라도 좋아요."

"그리 생각해 주니 고맙소."

"저승에서 다시 만나 못다한 꿈을 함께 이뤄요."

"그럽시다. 다섯만 낳고 알콩달콩 삽시다."

"싸우지 말고 사랑만 하면서 살아요."

"그게 소원이라면 그리하리다."

"사랑해요, 아돌프씨!"

"나도요. 잘 가시오. 아니, 저 생에서 다시 만납시다."

"그래요. 안~녕!"

에바 브라운은 청산가리를 음미하며 마셨고 히틀러는 권총을 입으로 빨다가 방아쇠를 당겼다. 20세기 최대의 독재자이자 전범의 최후는 그렇게 비참한 최후를 맞이하고 말았다.

11

조선이 망하고 일제 식민지가 될 무렵에 전국 각지에서 구국의 의병들이 분연히 일어섰다. 명성황후가 일본 자객들에 의해 시해되고 단발령이 내려지자, 전국의 유생들이 분기탱천하여 거병하였다. 이를테면 을미의병(1895)이다.

또한 한일합병의 가계약격인 을사5조약(1905)이 체결되고 군대가 강제로 해산되자 2차 의병이 분기했다. 이 무렵에 활빈당이 결성되어 5년 동안 전국 각지에서 탐관오리와 부정축재한 부호들의 재산을 강제로 빼앗아 가난한 사람들에게 나눠주기도 했는데, 그 세력들 일부는 의병이 되기도 하였다.

하지만, 대세는 이미 기울어 조선의 운명은 풍전등화였다. 일제는 감독기관인 통감부를 설치하여 일거수일투족을 통제하고 감시하기에 이르렀다.

그런 와중에 안중근 의사는 초대 통감이었던 이토히로부미를 만주 하얼빈역에서 사살하여 약소민족의 한을 풀기도 하였다.

31세의 피끓는 안중근이 이토와 마주쳤던 그날(19

09.10.26.) 아침의 하얼빈역은 전운이 감돌았다.
"여보시게, 이토!"
"너는 누구냐?"
"조선의 청년 안중근이다."
"듣도 보지도 못한 촌놈이로구나."
"곧 있으면 의사가 될 것이니 잘 기억 해둬라."
"내과? 아니면 외과!"
"그런 것까진 알 필요 없다. 잘 가거라. 이토!"
"하긴 7순이 다 되어가니 갈 때도 됐다."
"그동안 너를 못 보내 입 안에 가시가 돋쳤느니라."
"가는 길에 진달래꽃이나 한아름 놓아두면 좋겠다."
"생각해 보마, 이토! 굿 바이!!"

여기까지 역사를 더듬던 강석이는 서글픔과 통쾌함을 감추지 못하고 또 한 잔을 들이켰다. 몸은 약간 비틀거리지만 정신만은 점점 초롱초롱해진다.

12

우리나라의 마지막 왕조인 조선은 일제 36년이라는 암흑의 터널 속으로 빨려 들어가고 말았다. 식민통치 10년 후엔 3.1운동이 일어났고, 상하이에 임시정부가 수립되어 독립운동을 전개했지만 조족지혈에 불과했다.

일제는 무단통치로 더욱 숨통을 조여왔고 일본어를 제1국어로 하며 창씨개명·강제 동원 등 민족말살 정책을 전개했다.

그리고 진주만 기습('41.12.7)을 시작으로 2차 세계대전에 뛰어들어 동반 자살을 기도했다. 초반전엔 동남아를 점령하는 등 제법 승승장구했었다. 그러다가 전세가 기울더니 4년 후쯤 일본 본토에 원자폭탄 2발을 얻어맞고 무조건 항복을 하며 막을 내렸다.

다행이 우리나라는 그 덕으로 해방의 기쁨을 만끽했고 우여곡절 끝에 대한민국 정부가 수립되어 73세인 초고령의 이승만을 초대 대통령으로 선출하였다.

하지만, 새로운 독립국가의 발걸음을 힘차게 내디딘지 2년 만에 6.25전쟁이 발발해 3년 동안 동족상잔의 비극을 맞이했고 155마일(250km) 휴전선이 그어졌다.

휴전 후 7년 만에 4.19혁명이 일어났다. 그래서 자유당 12년 독재에 종지부를 찍었다.

1년 남짓 지나 5.16 쿠데타로 집권한 박정희는 '조국근대화'라는 절반의 성공만을 거둔 채 부하의 총탄에 운명을 달리해 18년 독재를 마감했다.

이 때를 기다렸다는 듯이 전두환·노태우를 비롯한 서슬 퍼런 신군부는 12.12 쿠데타로 집권해 광주시민들을 무차별 학살하며 통치 기반을 다져나갔다. 시작한지 30년 된 민주주의의 역사를 다시 원점으로 되돌린 비극이었다.

그리고 김영삼·김대중·노무현 등의 민간 대통령이 나왔다. 김영삼 정부 때에는 국제통화기금(IMF)의 경제 식민지로 전락했고, 김대중 정부 시절에는 햇볕정책 운운하며 북한에 퍼주기 바빴다. 다행이라면 2002년 월드컵 축구대회에서 4강 신화를 일궈내 국민적 희망을 갖게 했다는 점이다.

'과장급 세계 대통령'이라고 자처한 노무현 정부는 기득권 세력과의 전쟁을 치르며 소모전을 전개했고, 경제 대통령이라는 이명박 정부는 취임과 동시에 병든 미국 소를 머리 조아리며 들여와 전 국민들의 촛불 혁명을 야기시켰다. 또한 4대강 사업으로 국토를 엉망으로 만들었고 각종 비리와 부정 축재로 결국 옥살이를 하고 있다.

이어진 박근혜 정부는 끝내 탄핵을 당했고, 국민들의 전폭적인 지지에 힘입어 등장한 문재인 정부는 남북문제와 경제 분야에서 해법을 찾지 못한 채 고전을 거듭하고 있다.

강석이의 역사 기행이 종착역에 다다를 즈음, 단군 할아버지께서 홀연히 나타나 따끔한 경고를 하신다.

"내가 홍익인간의 이념으로 4300년 전에 나라를 세웠건만 권력과 이익에만 눈이 어두워 사분오열 되어가고 있으니, 더이상 눈뜨고 지켜볼 수가 없다. 차라리 환인 할아버지가 계신 하늘나라로 국가를 이전하고 싶도다."

강석이는 황급히 단군 할아버지께 큰 절을 올리며 읍소했다.

"지존이시여! 십년만 더 기회를 주소서. 그때까지도 판도라의 상자가 열리지 않으면 한반도를 송두리째 태평양 심해로 수장시켜 버리셔도 달게 받겠나이다."

강석이는 역사 기행을 마치면서 새 천년엔 자유와 평화가 나부끼는 새 역사만을 창조했으면 좋겠다는 상념과 함께 골방에 있는 지구본을 제자리로 옮겨 놓았다.

그리고 손자나 손녀가 그 지구본을 다시 돌려보길 희망해 본다.

골동품

결혼 30주년을 앞둔 강석이 부부가 친구 생일에 초대되었다. 골동품 수집 전문가인 친구는 매우 반갑게 맞이하였는데, 식사가 끝난 후 골동품 전시장을 둘러보게 되었다. 강석이 부부는 그저 고개만 끄덕끄덕하며 감동하는 듯이 보였다. 한 바퀴를 둘러본 뒤 친구가 말했다.

"여기 있는 골동품들은 전부 30년 이상 된 것이라네."
"대단하네 그려. 가장 싼 것이 얼마나 하지?"
"한 500만 원 정도는 하겠지?"
"그럼 두 개를 저당잡히면 1,000만원 빌려줄 수 있나?"
"어떤 물건인데?"
"돈이 급한데…. 1주일 후면 우리 부부 결혼 30주년이거든!!"

국수와 김밥

국수國粹 국가인 일본이 3차 세계대전을 일으키자, 대통령이 국방부 장관인 강석이를 급히 불렀다.

“장관! 어떻게 대비해야 합니까?”

“전국적인 전시동원령을 선포해야 합니다.”

“그렇게만 하면 국수를 타도할 수 있습니까?”

“이번 기회에 국수주의는 물론 김밥주의도 파멸시켜야 합니다.”

“김밥 옆구리 찢어지는 소리하고 있구랴.”

“저는 국수와 김밥 모두 싫어합니다.”

“그래서 맛있는 참치 김밥, 치즈 김밥, 누드 김밥을 없애자구요?”

“국수 대신 라면을 먹고 김밥 대신 주먹밥을 먹으면 됩니다.”

“일리 있는 말이요. 빨리 비상사태를 선포합시다.”

“알겠습니다. 국수공장과 김밥공장 폐업령을 내리겠습니다.”

코로나

지금으로부터 반세기 전에 일본 자동차 회사인 도요펫이 코로나 택시를 개발하였다. 당시 우리나라에도 코로나 택시가 길거리를 누비고 다녔었는데, 고등학생이던 강석이는 몇 번 타본 적이 있었다.

이후 코로나는 중국으로 진출했는데 단종 이후에도 잠복기를 거쳐 최근에 신종 코로나로 재탄생하였다.

그러던 어느 날, 회갑을 넘긴 강석이가 친구를 만나 얼큰하게 한 잔 걸친 뒤 택시를 잡았다.

"기사님! 이거 코로나 택시 아니죠?"

"손님, 무슨 말씀을 그리 심하게 하십니까요?"

"반세기 전에 코로나 택시를 타 봤다니깐요."

"아~! 그 코로나가 중국으로 건너갔군요."

"그러게 말입니다. 일본이나 중국이나 별 도움이 안 된다니까요."

"진정하시고…. 이건 모범택시니까 얼른 타시죠."

"꼭 타의 모범이 되어야 합니다. 코로나가 코로 나오게 하지 말고…."

"예. 그런데 손님! 뒷좌석에 앉아서 코 풀지 마세요, 제발!"

푸세식과 수세식

회갑을 넘긴 강석이가 과거를 회상하다가 문득 화장실의 역사를 더듬기 시작했다. 그래서 반세기 전후를 더듬으며 푸세식과 수세식의 차이점을 정리해 봤다.

1. 변소라고 생각하면 푸세식, 화장실이라고 생각하면 수세식
2. 밥상과 떨어져 있으면 푸세식, 인접해 있으면 수세식
3. 다가가서 헛기침하면 푸세식, 정중하게 노크하면 수세식
4. 첫눈에 된장이 보이면 푸세식, 나올 때 살짝 보이면 수세식
5. 화장지가 두껍거나 다양하면 푸세식, 부드럽고 흰 색이면 수세식
6. 아버지가 퍼서 옮기면 푸세식, 기관(시청,구청)에서 기계로 푸면 수세식
7. 비온 뒤 엉덩이 쳐들면 푸세식, 기후와 무관하게 일 보면 수세식
8. 도깨비가 나타나면 푸세식, 괴한이 나타나면 수세식

야구장의 콤비

1982년에 프로야구가 출범했으니까, 벌써 40년이 되어간다. 강석이는 늦가을 어느 날, 옛 추억을 더듬으며 마누라와 함께 한국 시리즈를 구경하러 갔다.

두 사람은 운 좋게도 중계 방송석 옆에 앉게 되었다. 두 시간쯤 지났는데 홈구장의 응원팀이 3점차로 뒤지고 있었다.

행운의 7회말, 2사 만루 찬스에서 4번 타자가 등장했다. 그는 개폼을 잡을 겨를도 없이 가운데 들어오는 초구를 노려 방망이를 힘껏 휘둘렀다. 야구장을 꽉 메운 관중들의 환호성과 함께 중계방송석이 술렁였다.

"아! 큽니다."

"맞습니다. 축구공으로 변해가고 있습니다."

"…?! 계속 크게 크게 날아갑니다."

"틀림없습니다. 농구공으로 변해 가는데요."

"제대로 하세요. 애들 장난도 아니고…."

"그렇습니다. 다시 야구공으로 변해 관중석으로 들어갔네요."

"그렇게 초를 치니까 역전은커녕 파울이잖아요."

"그렇네요. 다음엔 초 대신 간장을 쳐서 역전 말고 터미널로 가겠습니다."

절기

정년퇴직을 한 강석이가 꿈에 그리던 전원생활을 위해 귀농했다. 말이 귀농이지 아담하고 자그마한 집 한 채와 주변에 500평 정도의 논과 밭이 있는 소작농에 불과하다.

하지만, 강석이는 희망에 부풀었고 농사짓는 법을 알기 위해 절기를 연구하기 시작했다.

때론 담장을 쌓고 조그만 농로를 내느라 한쪽 다리를 절기도 하고 어깨와 허리가 아파 기가 끊기는 것 같기도 하지만, 그럴수록 전원 교향곡에 대한 강도가 점점 더해져만 갔다.

그러면서 절기에 대한 공부를 하며 나름대로의 꿈을 설계하기에 이르렀다.

1. 입춘立春(2월초)

이제 봄의 문턱에 들어서며 절기가 시작되니 기지개를 켜고 서서히 준비하자. 친구인 영춘이에게 입춘을 알리고 첫사랑 홍춘이도 입춘 옆에 슬그머니 세워두자. 입춘대길立春大吉도 함께 말이다.

2. 우수雨水(2월 20일경)

비가 내리고 싹이 트면 대동강 물도 풀린단다. 우수에 젖어 오솔길도 걸어보고 낙엽이 우수수 떨어지는 가을 산야를 떠올려보자.

비록 학창 시절에 공부를 잘 못해 우와 수는 못 받았지만, 이제라도 우수한 농사를 지어 조금이나마 점수를 만회해 보자.

3. 경칩驚蟄(3월초)

드디어 개구리가 잠에서 깨어나는도다. 이제 개구리알과 도룡뇽알도 구워먹고 고로쇠 수액으로 몸보신도 하자. 간식으로 콘칩도 먹어보자.

경첩으로 꼭꼭 막아놨던 곳간 문도 열어젖혀 활기를 불어넣자.

4. 춘분春分(3월 20일경)

봄을 딱 절반으로 쪼개면 낮과 밤의 길이가 같아지겠지?

지금부터 낮이 점점 길어지니 산비탈도 오르고 초등학교 운동장도 뛰어 체력을 단련하자. '체력은 국력'이듯 '농사는 체력' 아니겠는가.

5. 청명清明(4월초)

하늘이 맑고 구름 한 점 없이 푸르니 이제 농사 준비를 제대로 해보자. 새 기운을 얻은 땅이 얼마나 기름지면 부지깽이를 꽂아도 싹이 난다고 했을까!

찬 음식을 먹는다는 한식과 바로 이웃하고 있으니, '청명에 죽으나 한식에 죽으나 마찬가지'라고 했겠지? 나 또한 이 무렵의 길일을 택해 하직 하고싶은 생각이 든다.

6. 곡우穀雨(4월 20일경)

농사비 오는 소리가 곡소리처럼 구슬프도다. 하지만, 정신을 가다듬어 볍씨를 담그고 못자리를 만들어야 한다. '곡우에 가물면 땅 석자가 마른다.'고 했는데, 때 맞춰 비가 오는 걸 보니 금년에도 풍년이리라.

다만, 금년에도 우리 집안에 곡소리 나는 우환이 없길 바랄 뿐이다.

7. 입하立夏(5월초)

여름이 시작되니 농삿일도 바빠진다. 묘판의 볍씨가 싹터 모가 한창 자라고 밭의 보리 이삭들이 패기 시작한다. 개구리들이 신바람 나서 울어 제치고 마당에선 지렁이들이 꿈틀거린다.

집 안에선 여인네들이 누에치기에 한창이다. 논밭에

해충도 많아지고 잡초가 무성해 풀 뽑기에 부산하다.

5일장엔 여름철을 맞아 입하 신상품들이 전시되어 유혹하기 바쁘다. 원기를 회복하기 위해 쑥과 쌀가루를 버무려 먹으리라.

8. 소만小滿(5월 20일경)

햇볕이 풍부하여 만물의 생장이 활발하니 김매기도 하고 모내기 준비에 박차를 가해야 한다. 들판에 풀들이 널브러져 있으니 별로 하릴없는 소만 배불리 먹어치우누나.

9. 망종芒種(6월초)

드디어 곡식의 종자를 뿌리는 날이 도래하였도다. 여러 사람이 모여 모내기를 하고 누렇게 익은 보리를 베어야 한다. 금년 농사가 망조 들지 않도록 망종을 잘 기억했다가 씨를 뿌리리라.

10. 하지夏至(6월 20일경)

낮이 가장 긴 날이다. 일을 해도해도 아직 해는 중천이다. 논밭 일만 할 것이 아니라 낮에도 밤일을 덤으로 끼워보자. 하지엔 밤거리와 낮거리를 동시에 하지?! 하지 감자도 먹고 말이다.

11. 소서小暑(7월초)

본격적인 더위가 시작되는 소서다. 부지런한 농부는 새벽에 바쁘듯이 1차 수확을 마치고 이모작을 하는 때이기도 하다. 때론 여름 장마가 찾아오기도 한다.

소서엔 '제발 풍년이 되게 해주소서', 또는 '우리 아들 자소서(자기 소개서)를 잘 써서 수시 모집에 꼭 합격하게 하소서.'라고 기원해 본다.

12. 대서大暑(7월 20일경)

'염소 뿔도 녹는다.'고 할 정도의 무더위가 찾아온다. 매스컴에서는 폭염과 열대야로 사는 게 고통이라며 연일 대서특필이다. 예전 같으면 대서소가 북적북적하리라.

이 무렵엔 중복까지 겹쳐 산과 계곡을 찾아 몸보신도 해 보지만 더위를 피할 길이 없다. 그래도 부지런한 농부는 조석으로 논과 밭을 오가며 친근감을 더욱 다진다.

13. 입추立秋(8월초)

드디어 가을이 찾아온다. 천고마비인지 천고인비인지는 잘 모르지만, 입추의 여지가 없이 바쁜 때이다. 서서히 김장용 무와 배추를 심고 누렇게 익어가는 벼를 보며 알 듯 모를 듯한 미소를 지어본다.

도시에 사는 며느리가 '아버님 댁에 보일러 놓아드려야겠네요.'라고 은근슬쩍 걱정하기도 한다.

14. 처서處暑(8월 20일경)

삼복더위가 끝나니 이제 더위가 그치는 때다. 풀을 뽑고 벌초를 단정하게 해서 조상님을 잘 뫼셔야 그 정성에 탄복하여 건강과 행운을 내려주지 않겠는가!

처서엔 산나물에 고추장과 참기름 듬뿍 쳐서 비벼먹는 맛도 좋으리라.

15. 백로白露(9월초)

풀잎에 이슬이 맺히고 가을 기운이 완연하다. 백로 전에 서리가 내리면 벼 수확이 줄어든다고 걱정하는 때이기도 하다.

여름 철새인 백로도 반년 동안 한반도에서 잘 지내다가 월동을 위해 남쪽 하늘로 날아간다. 비록 속은 검을지라도 겉은 새하얀 자태를 뽐내면서 말이다.

16. 추분秋分(9월 20일경)

가을이 절반으로 쪼개지니 낮과 밤의 길이가 같아진다. 이때부터 논밭의 곡식들을 거둬들이는데 금년엔 농부의 발자국 소리를 많이 듣고 잘 자라서인지 풍년이다.

앞으로 계절이 두 번 바뀌면 나이테가 하나 더 늘어나니 연륜과 건강 걱정도 함께 늘어나리라. 역시 가을은 남성의 계절인가보다.

17. 한로寒露(10월초)

찬 이슬이 맺히는 10월이다. 논에선 타작이 한창인데 산엔 단풍이 물들어 자꾸만 유혹하니 마음이 싱숭생숭하다. 그래도 농부의 마음은 이 한 길을 쉼 없이 달려왔으니 천직으로 여기누나.

이제 사나이 가슴을 울리는 가을이 점점 깊어만 가니 찬이슬 맞으며 참이슬을 벗삼아 대작해 보리라.

18. 상강霜降(10월 20일경)

서리가 내리고 첫 얼음이 첫사랑의 여인처럼 나타나니 가을밤은 점점 깊어만 간다. 국화도 활짝 피고 단풍 또한 절정이니 사나이 가슴도 불타오르려 한다.

하지만, 빨리 추수를 마무리해야 한다. 그 후 상감인지 땡감인지도 만나고 코 앞에 다가온 10월의 마지막 밤을 정열의 밤으로 장식하리라.

19. 입동立冬(11월초)

낙엽이 우수수 떨어지고 추수 또한 우수수 마무리하고 나니 왠지 허전하기만 하다. 그래도 아직 할 일이 남아있다. 무와 배추 뽑아 김장을 해야 한다.

이때쯤이면 동면하는 동물들이 땅속에 굴을 파고 숨는 시기이다. 나 또한 김장이 끝나면 안방 옆에 골방 토굴을 파고 3개월 동안의 겨울잠을 푹 자리라.

20. 소설小雪(11월 20일경)

첫눈이 내리고 살얼음도 생기면서 땅이 언다. 추위가 바로 창문 옆까지 찾아와 움츠려들지만, 아직 매섭진 않아 다행이다.

이럴 땐 골방에 틀어박혀 소설을 읽던지 쓰던지 하는 것도 좋은 방편이 아닐까? 소설 같은 세상산지, 인생산지를 곱씹으면서 말이다.

21. 대설大雪(12월초)

올해의 마지막 달력 한 장만이 외롭게 떨고 있을 무렵, 대설이 찾아온다. 소설과 대설 사이에 눈이 많이 내려 고립무원에 처할 지경이다.

그 사이를 야설이 비집고 들어온다. 눈도 쌓이고 밤도 기나긴데 야동 한편 빌려다가 보는 것도 새로운 활력소가 아니겠는가!

22. 동지冬至(12월 20일경)

외롭고 기나긴 밤의 절정에 다다른다. 홀아비나 과부는 더 심하다. 그럴 땐 동지들과 시장통에 모여 동지팥죽이나 한 그릇씩 먹어보자.

팥죽은 붉은데 귀신들이 무서워하는 색이란다. 그래서 귀신을 막고 병도 걸리지 않는다는 믿음을 갖고 있단다. 곱빼기 한 그릇 더 먹으면 내년까지도 무난하겠지?

그나저나 동지섣달 기나긴 밤은 너무 너무 쓸쓸하기만 하다.

23. 소한小寒(1월초)

겨우내 긴 밤들을 잔뜩 움츠리며 보냈더니 새해가 밝아왔고 곧바로 소한이 찾아왔다. '작은 추위'라는 뜻이지만, 우리나라에선 대한보다 더 춥단다. 그래서 '대한이 소한 집에 놀러갔다가 얼어 죽었다.'는 속담도 있다.

엄동설한에 소들이 모두 얼어 죽고 한 마리만 남아서 소한이라고 하는지도 모른다. 아니면, 법원에서 출두하라는 소환장을 보내서인지도 모르겠다.

나 같은 서민이야 잘못한 것도 없는데, 설마 그러기야 하겠냐마는….

24. 대한大寒(1월 20일경)

드디어 24절기의 대미를 장식할 대한만이 홀로 남아 고독과의 씨름이 한창이다.

이제 이 대한이 지나 따스한 봄이 오면 국제스포츠 경기도 활성화되리라.

그러면 '대~한민국! 짜자작 짝짝!!' 할 날도 얼마 남지 않았다는 증거가 아니고 그 무엇이랴. 봄의 향기로운 내음과 더불어 벌써부터 가슴이 설렌다.

V 노년기

65세 이후의 시절

사색

1

노인 대열에 합류한 강석이가 공원 벤치에 앉아 허공을 응시하고 있다. 그리고 나름대로의 사색에 잠겨 살포시 미소 짓곤 한다. 때론 분노에 찬 일그러진 표정 연기도 마다하지 않는다.

아무튼 사색을 즐기는건 자유지만, 여차하면 사색이 되기 십상이니 가능하면 깊은 사색은 자제하리라고 다짐해 본다.

2

강석이가 공원을 산책하다가 대변이 보고 싶어 공중화장실로 부랴부랴 달려갔는데, 이미 정원 초과의 만원사례다. 대변기는 두 칸 밖에 되질 않는데, 세 사람의 대기자가 발을 동동 구르고 있다.

화장실 안쪽에 있는 사람은 편한 자세로 쭈그리고 앉아 사색을 즐기고 있는 반면, 강석이는 사색이 되어 끙끙 앓고만 있다.

3

조선시대 중반인 선조 때 신설된 이조전랑吏曹銓郞 자리를 놓고 당파 싸움이 시작되었다. 요즘으로 치면 행정자치부의 4급이나 5급에 해당하는 자리다.

이조전랑은 여론 기관인 3사의 관리를 임명하고 자신의 후임을 추천할 수 있는 막강한 권한을 휘두르는 실세다. 정권의 두 계파인 훈구파와 사림파는 서로 자기편의 인물을 그 자리에 앉히려고 혈안이 되어 있었다.

거기서 시작된 권력의 암투는 동인과 서인으로 나뉘고 동인은 다시 남인과 북인으로, 서인은 노론과 소론으로 또 계보가 갈라지게 되었다. 그래서 사색당파 싸움이 200년 동안 치열하게 전개되었다.

요직을 놓친 사색은 새하얗게 질린 사색이 되고 칼자루를 손에 쥔 사색은 서슬 퍼런 사색이 되어 거침없이 휘두르곤 했다.

상

정년퇴직 후 세상만사에 짜증이 난 강석이는 인상을 찌푸리며 산다. 아침 밥상머리에선 젓가락으로 이 반찬 저 반찬을 들었다 놨다 하며 무언의 시위를 벌인다. 마누라가 가만 있을 리 없다.

"이 웬수야! 밥 처먹기 싫나?"

"……."

"반찬 무게 달아서 식약청에 보고할 일 있나?"

"먹을 만한게 없네."

"생활비를 많이 줘봐라. 상다리가 부러지도록 만들어 바칠게."

"며칠 기다려보소. 주말에 복권 팍 꽂아불랑께."

"3년 전부터 뇌까리던 레퍼토린줄 알제?"

강석이는 그만 젓가락을 놓고 말았다. 집어먹을 반찬도 마땅찮은데 얼굴 반찬마저 공갈 협박이니 식욕이 공중분해 되어버렸다.

잠시 후 대충 주섬주섬 걸치고 대문을 나선다. 뒤통수에 '해 넘어가기 전엔 절대로 들어오지 마라.'는 통한의 한마디가 들린다. 이가 부득부득 갈린다.

아무 죄 없는 대문을 '쾅' 닫고 골목길을 나섰으나

갈 데가 없다. 그냥 삿갓도사처럼 발길 닿는 대로 걷다 보니 동물원 앞이다.

담장 틈새로 커다란 코끼리가 보인다.

'니가 상象이여? 크긴 크네. 발정 났는지 그 물건도 엄청 크구만!'

엷은 미소를 짓던 강석이는 공원과 경로당을 기웃거리며 하루가 빨리 가기만을 기다린다.

'집 떠나면 개고생'인가. '악처라도 없는 것보다 낫다.' 고 생각하는 것일까?

점심때 싸구려 국수를 먹었더니 배도 고프다.

저녁밥은 된장국에 대충 말아 훌훌 먹고 잠자리에 들었다. 침대에 누워 있어도 눈이 말똥말똥하다. 그리고 낮에 본 코끼리 물건(?)이 생각나 슬그머니 손을 뻗어 마누라를 건드려본다.

"니 오늘도 집적거리기만 하다가 내려오면 내 손에 죽는다."

"여성상위시대니까 당신이 올라와 봐."

"낮에 정력제라도 얻어 먹었나보네."

"코끼리 거시기를 봤당께."

"잘만하면 내일 진수성찬 대령이다."

"대령까진 필요 없고 대위만 해도 돼."

다음날, 동녘 햇살이 중천에 떠올랐지만 밥상은 차

려지지 않았다.

강석이는 냉수만 한 그릇 마시고 속 차린 뒤 쓸쓸하게 대문을 나서야만 했다.

화장

회갑을 넘긴 강석이 마누라가 거울 앞에서 화장을 하고 있다.

정년퇴직 후 빈둥거리던 강석이가 모처럼 외출 준비를 하다가 그 모습을 물끄러미 바라봤다.

"여보! 뭘 그렇게 찍어 발라?"

"좀 더 젊어지려고 고급 화장품 바르죠."

"그거 처녀 때나 화장품이지, 지금은 아냐."

"그럼 뭔데요?"

"위장 크림 아니면 변장 로션이겠지."

"뭐요? 저 양반이 간덩이가 배 밖으로 나왔나, 시방!"

"그러지 말고, 우리 죽으면 깔끔하게 화장이나 합시다."

"난 죽기 싫어. 당신이나 하구려."

"내가 먼저 가서 명당 잡아 놓을 테니 따라 오구려."

"고급 화장품도 준비 해놔요. 그럼 생각해 볼게요."

"알았수. 아예 화장품 공장을 차려 놓으리다."

노령 연금

춥고 배고픈 강석이가 동네 주민센터를 찾아가 면담을 요청했다. 노령 연금을 수령하기 위해서다. 담당자는 주민등록증을 확인한 뒤 말했다.

"어르신! 아직 노령 연금 수령 기한이 안 됐습니다."

"왜? 예순 다섯부터 주는 거 아니여?"

"맞습니다. 그런데 만 나이가 되어야 합니다."

"그게 무슨 소리여? 금시초문이구만."

"법이 그렇습니다. 내년부터 지급됩니다."

"그려?! 내가 노령산맥 자락에 사니까, 어떻게 안 될까?"

"그건 좀 곤란합니다."

"백두대간인 태백산맥이면 가능할 텐데…."

"저로서도 어쩔 수 없습니다."

"노령 연금이 아니라 노랭이 연금일세."

"죄송합니다. 살펴 가십시오."

주민센터 문을 열고 밖으로 나오자 서쪽 하늘이 노랗게 물들고 있었다. 강석이는 터벅터벅 발길을 돌리며 한 마디를 읊조렸다.

"노령 연금이 노랗게 물들어 노령산맥에 걸렸구만, 젠장!"

게이트볼

노인이 된 강석이가 동네 게이트볼장을 기웃거렸다. 그러자 친절한 노인들이 반색을 하며 회원 가입을 권유한다.

"게이트볼을 하면 젊어집니다."

"어떻게 합니까?"

"다섯 명씩 청백으로 나눠 30분간 게임을 합니다."

"저 작은 게이트(문) 속으로 다섯명 씩이나 들어간단 말입니까?"

"그게 아니고, 점수를 계산해서…."

"미국에는 어마어마한 워터게이트가 있었고 공항이나 빌딩에도 커다란 게이트가 있는데…."

"그래도 방망이로 쳐보면 재미있어요!!"

"대도무문이라 했는데…. 인생 말년에 드나들기엔 게이트가 너무 작은 것 같네요."

사랑 연가

65세가 된 강석이가 드디어 노인 대열에 합류하고야 말았다. 동갑내기인 마누라도 함께 동참했다. 돌이켜 보면 수많은 사연이 있었지만, 그중에서도 영희를 만나 '한지붕 한가족'이 되었다는 사실이 보석처럼 값진 일이 아닐 수 없다.

생일을 맞이한 강석이는 영희와 와인잔을 들이키며 결혼 40년사를 슬그머니 읊조리기 시작했다.

1

초딩이 된 강석이의 짝꿍은 영희다. 얼굴도 예쁘고 마음씨도 착한 영희인지라 강석이는 은근히 좋아하게 되었다. 그런데 뒷자리에 앉은 철수가 자기 짝꿍인 미자를 멀리한 채 자꾸만 영희에게 집적거린다.

은근히 부아가 치민 강석이가 어느 날인가 한마디 쏘아붙였다.

"철수야! 너는 왜 영희를 넘보니?"

"그게 어때서…. 네 여친이냐?"

"그래. 내 여친이니까 넘보지 마라."

"무슨 소용이람. 정당하게 뺏으면 되지."

"철수 너 자꾸 그러면 니네 집으로 철수시켜버린다."

2

중학생이 되자 강석이와 영희는 각자 다른 학교를 다니게 되었다. 그러나 공교롭게도 영희와 철수가 같은 학교를 다닌다. 강석이는 둘 사이가 가까워지지 않도록 수시로 확인하고 싶은데 휴대폰이 없던 시절인지라 문자나 카톡을 보낼 수도 없고 애간장만 태웠다.

강석이는 궁여지책으로 점심도 굶은 채 얼른 영희네 학교에 가서 잠깐 만나보고 오곤 한다. 1주일 동안 두세 번의 주례 행사인 셈이다. 그러면서 영희에게 묻곤 했다.

"영희야! 철수가 집적거리지 않던?"

"아니야. 요즘엔 내가 집적거리는데…."

"뭐라고? 너 미쳤구나."

"빵도 잘 사주고 영화도 잘 보여주는데…."

"정말? 나도 날마다 그렇게 해줄게."

"그래? 그럼 강석이 너한테 집적거릴게."

"철수는 한강 이남으로 영원히 철수시키고, 우리 둘만 한강 이북에서 놀자."

"안철수라 철수 안 할지도 모르는데…."

"진철수로 성을 바꾸라고 해야겠다."

3

이제 강석이가 자유를 만끽하는 대딩이 되었다. 영희도 같은 과를 지망해서 환상의 캠퍼스 커플이 되어 가고 있다. 그런데 한 가지 걸림돌이 생겼다. 고등학교 때 한강 이남으로 철수했던 철수가 다시 북진하여 같은 과에 합류한 것이다.

보이지 않는 삼각관계가 형성된 것일까?!

강석이는 레포트나 논문을 핑계로 영희에게 집적대는 철수가 신경 쓰인다. '사나이답게 결판을 내야 한다.'고 생각한 강석이는 캠퍼스 야외 공연장으로 철수를 불러냈다. 그리고 단도직입적으로 본론을 꺼냈다.

"같은 과에 여학생들도 많은데 계속 영희에게 접근하는 이유가 뭐지?"

"영휜 공부도 잘하고 예쁘잖니! 그리고 네가 무슨 상관인데…."

"내가 5년 전에 경고했을 텐데, 내 여자라고…."

"연인 사이라는 증거 있어? 결혼 약속이라도 했나!"

"각설하고…. 이 공연장에서 사나이답게 한판 붙자."

"좋다. 어떻게 할건데?!"

"연극도 좋고 가위 바위 보도 좋다. 씨름으로 하던가."

"지는 자가 깨끗이 물러나는 거다."

"이번에야말로 곰이나 대만으로 철수시켜 버리마. 각오해라, 안철수!"

"쉽게 니 뜻대로 되진 않을 거다. 이강석!"

"진짜 철수하는 진철수로 만들고 말테다."

4

'캠퍼스의 진검 승부'를 통해 '백마 탄 왕자'가 된 강석이는 진정한 영희의 흑기사가 되었다. 그때부터 역겨운 닭살 커플 겸 모두가 부러워하는 환상의 커플이 되어 캠퍼스를 누비다가 사회로 진출했다.

'맞벌이 부부'가 아닌 '맞벌이 커플'이 된 강석이와 영희는 영원한 동반자가 되기로 굳게 약속했다.

벚꽃과 라일락이 흐드러지게 핀 잔인한 4월 중순의 어느 날, 두 사람은 웨딩마치를 울렸다. 그리고 '별이 쏟아지는 해변'이 아닌 '깨가 쏟아지는 신혼' 속으로 빨려 들어갔다.

날이면 날마다 깨를 받아내던 강석이와 영희는 다섯 가마쯤 쏟아낼 무렵, 합작품 2세를 생산하기에 이르렀다.

'첫사랑 영희를 만나 오랜 밀당 끝에 백년가약의 결실을 맺으니 감회가 더욱 새롭도다.'

아버지가 된 강석이는 또 다른 결심을 하며 영희에게

속삭였다.

"나, 아버지 맞아?"

"그럼 어머니야?"

"이제 아버지가 둘이네."

"그게 무슨 말이야?"

"내 아버지와 내 아들의 아버지 말야."

"싱겁긴…."

"아버지처럼 열심히 벌어야지."

"합작품 하나 더 만들테니 밤일도 열심히 해. 둘은 되어야지."

"정말? 주야 안 가리고 뛰는 투잡이네."

"사랑해 강석씨!"

깨가 쏟아지는 신혼의 밤들은 그렇게 무르익어가고만 있었다.

5

남매를 키우다 보니 어느샌가 세월이 쏜살처럼 날아가 회갑이 바로 코 앞이다.

그 사이 아들은 군복무를 마치고 복학해서 졸업을 눈앞에 두었고, 딸은 이미 졸업한 후 직장인이 되었다. 이제는 웨딩마치를 울린 후 분가시키는 일만 남은 셈이다.

연말 송년회를 겸한 가족 외식 후 부부가 침대에 누웠

다. 강석이는 매년 한 번씩 아라비아 숫자만 먹으면서 배 두드리는 세월이란 작자를 머릿속으로 떠올리며 슬그머니 영희의 손을 잡았다.

"왜? 하나 더 낳고 싶어?"

"그래도 될까? 괜찮겠어?"

"당신이 원하면 얼마든지…."

"글쎄. 생각 좀 해보고…."

"그것보다는 당신 정년퇴직이 언제지?"

"2년 남았는데…. 왜?"

"현직에 있을 때 모두 결혼시켜야지."

"그래? 그 생각은 못했는데…. 역시 당신은 현명해."

"그 다음에 하나 더 만들자."

"가능할까?"

"손자든 손녀든 맡아서 키우면 되지. 간단하잖아."

"참 좋은 생각이야. 아무래도 아이들이 당신 머리를 닮은 것 같아."

"그렇게 말해 줘서 고마워, 여보!"

"고맙긴…. 우린 처음부터 '천생연분 닭살 커플'이었잖아."

6

치사랑인가 내리사랑인가!

눈에 넣어도 아프지 않는 아들 딸이 결혼해서 손자 손녀가 생기자 생각이 변해 간다. 아들 딸은 뒷전이고 손자 손녀들만 눈에 아른거린다. 손자 손녀에 대한 노골적인 강석이의 애정 공세에 마누라는 아들 딸 눈치 보며 꼬집기로 제동을 걸어보려 하지만, 아무 소용이 없다.

'이 맛에 노년을 사는가 보다.'

아예 마누라와 아들과 딸 부부는 안중에도 없다. 하루라도 못 보면 입 안에 가시가 돋힐 지경이다. 여러 차례 눈을 흘기던 마누라가 직격탄을 날린다.

"당신! 누구랑 결혼했수?"

"그건 왜 물어?"

"물긴 뭘 물어. 이젠 나 따윈 안중에도 없지?"

"알아서 생각하구랴."

"뭐라고? 정말 말 다했어?"

"잠깐! 뭔가 잘못된 것 같은데…. 내가 뭐라고 했지?"

"싱겁긴…. 피붙이 손자 손녀들이 그렇게 좋아?"

"두 말하면 잔소리고 세 말하면 껌 씹는 소리지."

"천년만년 살아서 증조 고조 할아버지 되시구랴."

"알았어. 당신이 먼저 가서 자리잡아 놓고 있어."

"반세기 전에도 도서관 자리잡아 줬는데, 또 잡으란 말여?"

"내가 알아서 피자랑 햄버거랑 사줄게, 걱정하지마."

"당신이 먼저 가서 잡아 놓구려."

“왜? 마음이 변했나?”
“당신, 이젠 빈털터리잖아.”
“어떻게 외상이라도 안 될까?”

이제 막 노인대학에 입학 신고를 한 강석이와 영희 부부는 시시콜콜한 일상으로 사랑을 확인하며 여생을 즐기고 있다.

주름

7순을 코 앞에 둔 늙수구레한 강석이가 무심코 거울을 들여다보고 있었다. 째진 눈과 들창코, 두툼한 입술과 튀어나온 광대뼈가 추남의 대명사처럼 느껴졌다.

거기에 이마에서 목덜미까지 백두대간처럼 종횡무진하는 주름살들까지 가세해서 주가를 폭락시키고 있었다.

'내가 반세기 전에는 시내를 주름잡고 다녔었는데 말이야.'

세월의 무상함을 되뇌이던 강석이는 한참 동안 생각의 나래를 펼치더니 고뇌에 찬 결단을 내렸다.

"어~이, 마누라! 거기 다리미 좀 가져와 봐."

"뭐 하시게. 맨날 두 줄 세 줄로 다려 구기기만 하드만."

"내 얼굴에 주름이 너무 많아 흉하구만. 당신이 주름잡지 말고 그냥 평평하게 좀 다려봐."

"알았수. 얼른 옷 벗고 누우셔. 쫘악 평평하게 리모델링해 드릴게."

"주름 잘 없애주면 다시 거리를 주름잡고 다녀야지!"

"내 그 꼴은 못 본다. 주름 열두 줄만 더 늘려 다릴란다."

부부싸움

백발이 성성한 강석이 부부가 사소한 일로 티격태격 말다툼을 하다가 서로 토라지고 말았다.

말없이 하루를 보내고 나니 불편하기 그지없는 강석이가 슬그머니 말을 걸었다.

"칼로 물베기라 하지 않소."

"물을 어떻게 베요? 무 썰기라면 몰라도…."

"그건 당신 전공이지 않소?"

"무뿐인 줄 아세요? 배추, 감자, 파…."

"알았수. 베든 썰든 당신이 최고요."

"그래서요?"

"새 칼을 사다 줄테니 냉전도 싹뚝 베시구려."

"김치전, 파전은 잘 알아도 냉전은 잘 모르는데요."

"그러니까, 사이좋게 지내자…. 뭐 그런 뜻이지."

"우린 3년 전부터 각방 쓰는데 좋아질 리 있나요?"

"당장 오늘부터 합방합시다. 원, 참! 한일합방도 아니고…."

"앞으로는 싸우지 말고 뒤로만 싸웁시다."

싸우나

반세기도 넘는 그 시절의 선방부대 근처 면소재지의 유일한 목욕탕 매표소엔 이런 문구가 써 붙여져 있었다.

- 월·수·금 : 남자
- 화·목·토 : 여자
- 일요일 : 군인

원룸처럼 비좁은 단칸 목욕탕의 운영 비결인데, 군인은 남자도 여자도 아닌 중성 취급을 당했다.

이제 칠순을 넘긴 강석이는 동네 목욕탕을 갈 때마다 현역이었던 그 시절을 회상하곤 한다.

그러던 어느 날, 싸우나실에서 땀을 뻘뻘 흘리며 나온 젊은이가 곧바로 온탕으로 들어오는 것이 아닌가. 그러자 불같은 성격의 강석이가 한마디 한다.

"어이, 젊은 친구! 싸우나실에서 땀 빼고 곧바로 들어오면 안되지."

"왜요? 주인이세요?"

"버르장머리하곤…. 너하고 싸우기 싫은데, 여차하면 옛날 전방부대 화·목·토 싸우나로 보내버린다."

"……?"

공화국 별곡

강석이는 대한민국 정부가 수립된 후 10년쯤 지나 세상에 태어났다. 보릿고개 무렵부터 나름대로는 수많은 우여곡절을 겪으며 살아왔는데, 이제 노인 대열에 합류하려고 한다.

공화국인 대한민국도 7순이 넘었고, 여러 명의 독재자와 여섯 번의 대수술을 하면서 오늘에 이르렀다. 그래서 오늘은 대한민국의 지난날을 회고하면서 나름대로의 심사 평가를 하려 한다.

▲ 제 1공화국(1948.8~1960.7)

- 초대 대통령이 73세의 자유당!!
  그래서 독재하는 것도 내 자유지?
- 우남아, 우남아!
  눈 좀 똑바로 뜨고 살지 그랬니?

▲ 제 2공화국(1960.8~1963.11)

- 4.19에서 5.16까지 민의원과 참의원!
  쪽수만 많으면 최고냐?
- 윤씨가 보선(보궐선거)하는 장면만 보여주다가
  끝났지?

▲ 제 3공화국(1963.12~1972.11)

- 보자보자 하니까 구역질 난다.
  정희가 정의의 말뚝을 박으러 가마.
- 새벽종 울리며 재건하자. 이때까지는 파이팅!!

▲ 제 4공화국(1972.12~1981.2)

- 급변하는 국제 정세에 능동적으로 대처하기
  위해 종신제 도입을!
- 통일주체국민회의 대의원(2,359명)들에게
  돈 봉투 돌리고 간선제로 매진하자.
- 내가 욕심이 과했나?
  결국 표범(재규어)에게 물려 죽는구나.

▲ 제 5공화국(1981.3~1988.2)

- 형님! 제게 바통 넘기시죠.
  확 쓸어버리겠습니다요.
- 12.12. 쿠데타로 칼자루 쥔 후 5.18로
  백성들의 눈과 귀를 틀어막았잖습니까!!
- 뽑아먹자 심장재단, 챙겨먹자 일해재단,
  왜 나만 갖고 그래~시방!!

▲ 제 6공화국(1988.3~현재)

- 6월 항쟁에 백기 투항한 이 물태우가 직선제

부활시키고 5년 단임으로 마음을 비우길 잘했지?

- 경제 식민지로 전락시킨 03,
- 햇볕 대신 세금 왕창 퍼준 대중 목욕탕,
- 비리와 부정축재의 피박 아닌 명박,
- 치맛바람에 휘둘려 난장판 만든 공중그네!
- 현재도 알쏭달쏭한 6공 진행형. 7공때 가면 모두 교통정리되겠지?

건망증

늙고 병든 강석이가 '현대판 고려장'이라는 요양원에 입소했다. 이미 10여 년 전부터 치매가 불현듯 찾아와 기억력은 점점 쇠퇴해져 가고 허벅다리는 구멍 난 타이어처럼 쪼그라들더니 휠체어에 의지해야만 한다.

70여 년의 세월을 되돌려 갓난아기 때처럼 기저귀를 찼고 피골이 상접한 몸뚱어리는 썩어 문드러진 송장을 방불케 한다. 거기에 띄엄띄엄 어눌한 말과 의미 없는 무표정의 얼굴을 보고 있노라면 할리우드 액션 스타를 연상케 한다.

1

요양원에 입원한지 한 달쯤 지났을까? 거동이 불편한 마누라가 아들 두 명을 대동하고 요양원에 찾아왔다. 아직까지는 마누라와 자식들 얼굴은 알겠는데 며느리와 손자들은 도통 생각이 나질 않아 초면이나 다름없다.

침상에 누워 있던 강석이는 며느리와 손자들이 인사하자 받는 둥 마는 둥 하더니 마누라를 향해 속삭이듯 말한다.

"저것들은 뭐여? 왜 우리 집에 왔당가, 시방!"

"당신 며느리와 손자들 아닌가벼. 정말 모른당가?"

"처음이여. 빨리 가라고 혀."

"알았어. 당신 밥 먹는 것 보고 갈거야."

"빨리 밥 줘. 아침도 못 먹었구만."

"뭘 못 먹었어? 한 그릇 싹싹 비웠드만. 조금 있으면 점심 나올 텐데…."

"밥값 내고 가라고 혀."

"한 달치 전부 냈승께 걱정 말고 잡숴."

몇마디 대화를 나눈 강석이는 눈만 멀뚱멀뚱 뜬 채 천장을 주시하고 있다가 불쑥 한마디를 꺼냈다.

"저것들이 당신 딸들이구만. 나 몰래 낳은 거여?"

2

아침 햇살이 동녘에 드리우면 요양보호사가 커튼을 제치면서 인사를 한다.

"잘 주무셨어요? 아버님!"

"내가 왜 당신 아버지여?"

"맞잖아요. 아버님!"

"나는 잘 몰라. 할멈 오라고 혀."

"이따가 오실 거예요. 아버님!"

"난 아들밖에 없는데…. 내가 언제 만들었지? 숨겨 놓은 딸인가!"

"무슨 섭섭한 말씀이세요."

"한창때 딱 한 번 바람 핀 적이 있는데 그때? 우리 절대 비밀이야."

"알았어요. 비밀 보장해드릴 테니까 제 말씀 잘 들으셔야 해요."

"그려. 잘 들을께. 할멈한텐 절대로 말하면 안돼."

"예. 걱정마세요, 아버님!"

"어이구, 이렇게 이쁜 딸이 있었다니…. 난 정말 복도 많아."

3

붉은 태양이 뉘엿뉘엿 서산 너머로 사라져간다. 저녁밥을 먹은 뒤, 커튼 틈 사이로 보이는 석양의 노을이 강석이의 마음을 더욱 스산하게 만든다.

어렸을 때 딱지치기와 구슬 따먹기, 못치기와 전쟁놀이 등이 스쳐 지나간다. 냇가에서 물놀이하다가 옷이 젖어 해 넘어갈 때까지 옷 말리느라 바위 틈에 쭈그리고 앉아 노심초사했던 기억도 새록새록 솟아난다.

하지만, 학창시절 때까지의 기억은 생생한데 군대 갔을 때부터의 일들이 생각나질 않는다. 이름이 무엇이며 몇 살인지, 고향은 어디이며, 지금은 어디서 살고 있는지 가물가물하다. 수십 년간 함께 살아온 마누라는 생각이 나는데 식구들은 도무지 기억이 없다.

강석이는 황혼의 마지막 햇살을 붙잡고 엷은 미소를 지으며 자문자답해 본다.

'어디서 왔당가? 엄마 뱃속에서 왔지.'

'어디서 살고 있는가? 대한민국 하늘 아래에서 살고 있지.'

'어디로 가고 있는가? 염라대왕 심부름꾼하러 가고 있지.'

'행복하게 살고 있는가? 시방 근심 걱정이 하나도 없으니 행복하지.'

강석이의 요양원 생활은 건망증 증세가 심해질수록 '밥벌레의 행복' 같은 나날로 점점 무르익어만 가고 있다. 삿갓 쓴 나그네와 정처 없는 하숙생 같은 모습을 한 채로….

후사

강석이도 늙고 병들이 임종을 맞이하게 되었는데, 온 가족이 함께 모여 노심초사하였다.

“이제 때가 되었나 보다. 녹음기를 가져 오너라.”

모두들 유언과 함께 유산 분배를 기대했는지 숨을 죽였다.

강석이는 심호흡을 한 뒤 작은 목소리로 또렷하게 말했다.

“앞집, 뒷집, 옆집 등 모두 1,000만원의 빚을 졌다. 형제들끼리 골고루 나누어서 책임지도록 하여라.”

그리고 마누라 손을 살며시 잡으며 말하였다.

“당신 몫은 따로 챙겨 놓았으니 여생을 편히 지내구려. 비밀번호는 처음 약속한 숫자요.”

모두들 넋을 잃고 있는데 마지막으로 한마디 더했다.

“여보! 후사를 부탁하오. 일만 잘되면 저승에 가서도 꼭 후사하리다.”

강석이의 유머인생

밥벌레의 행복

초판 인쇄 2020년 12월 5일
초판 발행 2020년 12월 10일

이기원 지음
홍철부 펴냄

펴낸곳 문지사
등록 제25100-2002-000038호
주소 서울특별시 은평구 갈현로 312
전화 02)386~8451/2
팩스 02)386~8453

ISBN 978-89-8308-559-7 (03810)

값 12,000원